U0626808

哲贵

著

猛 虎 图

北京出版集团公司
北京十月文艺出版社

图书在版编目 (CIP) 数据

猛虎图 / 哲贵著 . — 北京 ： 北京十月文艺出版社，
2017.2
ISBN 978-7-5302-1646-0

Ⅰ. ①猛… Ⅱ. ①哲… Ⅲ. ①长篇小说—中国—当代
Ⅳ. ① I247.5

中国版本图书馆 CIP 数据核字 (2016) 第 307745 号

猛虎图
MENG HU TU

哲贵 著

出　版　北京出版集团公司
　　　　　北京十月文艺出版社
地　址　北京北三环中路 6 号
邮　编　100120
网　址　www.bph.com.cn
发　行　新经典发行有限公司
　　　　　电话 (010) 68423599
经　销　新华书店
印　刷　北京盛通印刷股份有限公司
版　次　2017 年 2 月第 1 版
　　　　　2017 年 2 月第 1 次印刷
开　本　880 毫米 ×1230 毫米 1/32
印　张　8.375
字　数　160 千字
书　号　ISBN 978-7-5302-1646-0
定　价　29.80 元
质量监督电话　010-58572393

第一节

那年春天，陈震东决定翻开人生新篇章。

陈震东首先找他爸陈文化。陈文化这天在厂里值夜班，工厂离他们家有十多分钟路程。吃了晚饭，陈震东手里提着两个刚刚上市的本地甜瓜荡过去。

陈震东还没到车间门口，陈文化两个徒弟先看见了他，这两人年纪跟陈震东差不多，一胖一瘦，胖的叫陈铜，瘦的叫李铁。李铁远远看见他手里的甜瓜，用舌头舔了舔嘴唇说："甜瓜。"

陈震东没理他们，脸上堆着笑容，站在车间门口，对陈文化招招手，喊道："爸，你出来一下。"

陈文化没有出来，陈震东只得走进去，对着陈文化的耳朵大声喊："爸，我给你送甜瓜来了。"

陈文化看他一眼，身体往后仰了仰。

陈震东把甜瓜往他眼前送，说："你看，我花钱买的，特意孝敬你。"

陈文化又看他一眼，不知他打什么主意。

陈震东掰开一瓣已切好的甜瓜，送进嘴里，一边嚼一边说："刚上市，蛮甜。"

陈文化皱了一下眉头，说："有屁就放，放完就滚，没见我正忙吗？"

李铁嘎嘎地笑，走近来，伸手对陈震东说："我尝尝。"

陈震东避开他的手，掰出一瓣递到陈文化嘴边，谄笑着说："爸，我想开一家店。"

陈文化脑袋一歪，避过甜瓜。

陈震东接着说："你得支持我。"

陈文化把嘴巴移到他耳朵边，大声喊："你说什么？"

"他叫你吃甜瓜。"李铁笑着说。

陈震东知道他听得见，大声说："你得借我钱。"

"我的手越来越没力气了，"陈文化悲伤地摇摇头，伸手摸了一下机器上的机油，毫不犹豫地把那只乌黑的手搭在陈震东肩膀上，对着他的耳朵说，"再过几个月，连你的肩膀也搭不上了。"

陈震东听见李铁哧哧的笑声，他想叫陈文化把爪子挪开，甚至剁掉那只黑手的心都有了。但他知道今天来这里的目的，他拉着陈文化油冻冻的手，看着他说："我会还你的。"

陈文化把手抽出去，用力拍拍他的脸蛋，说："你没觉得我的手一点力气也没有吗？"

陈震东觉得脸上有虫子在爬，但他忍住了，严肃地看着陈文化说："这对我很重要，希望你支持我。"

"我老了。"陈文化又拍拍他的脸蛋说，"手上没劲了。"

陈震东说："我会加倍还钱的，我说到做到。"

"耳朵也聋了，什么也听不见。"陈文化又摇摇头。

陈铜和李铁跑到陈震东身边，一左一右架起他的手臂往外走。

"身体轻得像棉花。"陈铜看看陈震东，对李铁说。

"他就是个绣花枕头嘛。"李铁看看陈震东，又看看陈铜，笑着说。

"我觉得他更像花花公子。"陈铜说。

"我觉得他更像绣花的公子。"李铁哈哈大笑。

他们把陈震东丢在门口，李铁顺手把甜瓜拿走了。陈震东说："别动我的甜瓜。"

"我不动，只是尝一尝。"李铁说着，掰开两瓣，分一瓣给陈铜，放在嘴里嚼动。

"蛮甜。"陈铜点头说。

"是蛮甜。"李铁点头表示赞同。

"甜瓜是给我爸吃的。"陈震东说。

"我们代表你爸吃了。"李铁说着笑起来，陈铜也跟着笑起来。

第二节

两个甜瓜被李铁和陈铜吃了，陈震东这一趟血本无归。

回到家后，他妈胡虹见他两手空空，问他："你爸吃甜瓜了？"

"我爸不吃。"陈震东摇摇头说，"让李铁和陈铜吃了。"

"那两块废铜烂铁早晚是个祸害。"胡虹深表担忧地说。

陈震东晚上出门前，胡虹见他手上拎两个甜瓜，就觉得不对劲，问他："你拿甜瓜干什么？"

陈震东晃了晃手上的甜瓜说："给我爸送去。"

胡虹说："给你爸送甜瓜做什么？"

陈震东说："我跟他商量个事。"

胡虹没有再问下去，她知道儿子有很多"事"，有些事不用问他会说，有些事就是用上老虎凳他也不会说。胡虹觉得儿子性格像她，这点很可喜可贺，如果像陈文化就完蛋了，他基本上是一台生锈的老机器。

陈震东早料到陈文化会用耳背来打发自己，但他觉得这是一个程序，必须先跟陈文化有一次交集，同意不同意是另一件事。接下来就是跟胡虹谈判了，他认为这才是真正的战争。

果然，胡虹像青蛙一样跳起来："你疯了？"

"我没疯。"

"没疯你为什么要辞职？"

"没疯我才要辞职。"陈震东看着胡虹说。

"我不会让你辞职的。"胡虹说。

"我已经辞了。"

"皇天，你这个棺材，你怎么能这样对待我。"胡虹拍了一下大腿哇哇哇哭起来。她哭声不响亮，眼泪和鼻涕却汹涌澎湃，相当壮观。

陈震东看了她一下说："你借我三千元启动资金。"

"我一分钱也没有，拿什么借给你？"胡虹依然拍着大腿说。

"我知道你有钱。"陈震东说，"我这两年跑供销，每个月的工资都是你拿走，至少有两千六百元。"

"皇天，你这个棺材还敢跟我算账？"胡虹一拳擂在大腿上，接着抹了一下眼泪和鼻涕，一边哭一边说，"你这个没良心的棺材，你知不知道，这十几年来，我在你身上花了多少钱？你知不知道，我每天炒粉干给你吃需要多少钱？你知不知道，我每天给你买江蟹和对虾需要多少钱？你知不知道，你穿的衣服、你住的房子，哪一项不需要钱？你竟敢跟我算账？你良心叫狗咬了？"

"我不是要跟你算账，那些钱都归你。"陈震东从懂事起就知道胡虹能哭，哭是她的武器，她对一件事没把握时，先用哭声来稳定自己，同时也用来打击对方。陈震东靠近她，轻声说，"我这次是跟你借，算利息。"

陈震东故意停顿一下，他发现，胡虹的哭声也停顿了一下，他接着说："我给你的利息比别人高。"

胡虹的哭声完全停顿了，抹了一下眼泪和鼻涕问陈震东："你给多少？"

"别人三厘，我给五厘。"

"这事我说了不算，"胡虹摇摇头说，"得你爸点头才行。"

第三节

第二天，胡虹跟陈文化商量后，决定连夜召开家庭会议。

胡虹和陈文化坐在饭桌一边，陈震东坐在另一边，像等边三角形的三个点。

胡虹很严肃，陈文化比她更严肃。

陈震东看看他们，想调和一下气氛："大家都笑一笑，这不是批斗会。"

"正经点。"胡虹呵斥完，转头问坐在身边的陈文化，"你说还是我说？"

陈文化没有反应，大概又耳背了。

"好，我说。"在家里，胡虹习惯自己找台阶下，她清了清嗓子，看着陈震东说，"我和你爸商量了，决定借钱给你。"

陈震东还没有开口，胡虹接着说："五厘利息。"

陈震东说："没问题。"

胡虹说："一年内本利全部还清。"

陈震东说："好。"

"痛快。"胡虹变魔术似的拿出一张纸和笔，递给陈震东说，"你看清楚再签字。"

是一张协议书。陈震东看着看着就叫起来："怎么只有两千元？不是说好三千元吗？"

胡虹叹了一口气说："我和你爸是真没钱，两千元也要东挪西借，也要付别人利息。"

"你们不讲信用。"陈震东说。

"我们尽力了。"胡虹看着他，摊着双手，一副爱莫能助的样子。

"如果为难，我们也不逼你签。"见陈震东在犹豫，胡虹不失时机地说，"我跟厂长说好了，你还可以回厂里上班。"

陈震东咬了咬牙，拿起笔说："我签。"

"慢。"胡虹说。

陈震东抬起头看着她问："你还有什么花样？"

"还有这个你也看一下。"胡虹又变魔术似的拿出一张协议，"一定要看仔细再签。"

陈震东接过协议，看着看着又叫起来："你们这不是逼我回工厂上班吗？"

胡虹露出胜利的笑容，宽容地说："没人逼你，我们是说，如果你的店半个月内没开张，必须回工厂上班。"

"你们这是不平等条约。"陈震东说。

"你可以不签。"胡虹说。

一直没吭声的陈文化这时用鼻孔哼了一声。

"我们是自由、平等的家庭，"胡虹说，"签不签随你。"

"我签。"陈震东想了一下，又掐着指头算了一会儿，抬头看着胡虹，"但你们要给我一个月时间。"

"不行，只有半个月。"胡虹说。

"半个月要借钱、要租店面、要装修还要进货,时间不够。"陈震东说。

"够不够我们不管。"胡虹说。

"那就二十天。"陈震东说。

"半个月，"胡虹说，"没有讨价还价的余地。"

"你们这是蛮不讲理，是存心为难我，两个大人联合起来欺负自己的孩子。这算什么本事？"陈震东说。

"放你妈的狗屁，谁蛮不讲理了？谁存心为难你了？谁联合起来欺负你了？"陈文化突然开口了，他用手指指着胡虹，下了一道命令，"给他二十天，让他心服口服才会彻底死心。"

胡虹看看陈文化，又看看陈震东说："好，你爸说二十天就二十天，签字。"

陈文化的耳朵这回灵了。

第四节

陈震东开始筹款行动。

他骑上加重的永久牌脚踏车，身体和脑袋在车上一左一右快速摆动，穿过一条大马路，两个菜场，三座桥，桥下蓝色的塘河水缓慢流过，像梳子一样梳过墨绿色水草。陈震东无心欣赏塘河里的风景，他赶到一个叫天地文书馆的地方，找一个叫刘发展的人。

陈震东说："刘发展，我遇到难关了。"

"老子今天一早左眼皮就跳，原来是你这个财神到。"刘发展手里捧着一本法律书，看他一下，停下来，慢悠悠地说，"什么事把你难住了啊？"

"我急需钱。"陈震东说。

"要多少？"

"一千元。"

"我没那么多钱。"刘发展说。

"我知道你没那么多钱，也不需要你那么多钱。"陈震东停了停，咽了下口水，接着说，"我昨天想了一个晚上，决定做一个互助会，我做会东，找四个朋友，每个人出两百五十元，三个月一次，谁急需钱用谁先拿走。"

"这倒是一个不错的主意，两百五十元做不成什么事，一千元就能派上大用场。"刘发展把法律书放下，身体往陈震东这边倾斜。

"我第一个就找了你。"陈震东说。

"我知道，我们是结拜兄弟嘛。"刘发展说，但他又摇了摇头，"可是，两百五十元我也拿不出来，天地文书馆馆主是我爸，我是个打工仔。"

"你能不能跟你爸商量商量？"陈震东说。

刘发展摇摇头，用手忧伤地抚摩一下法律书说："我爸那个人你是知道的，钱就是他的命。"

"整天'我爸我爸'，我看你以后的命运跟你爸差不多，在这个矮小的文书馆里给人写一辈子的书信和合同。"陈震东撇了撇嘴，又加了一句，"还结拜兄弟呢。"

"你说谁呢你？"刘发展声音突然高起来，语速明显加快。

"这里除了你和我还有谁？"陈震东看着他说。

"陈震东，老子知道你用激将法，"刘发展看着陈震东说，"可是，老子就喜欢你的激将法，不就是两百五十元吗？老子这次两肋插刀了。"

说完之后，刘发展拿出钥匙，打开抽屉，点了两百五十元给陈震东。陈震东问他："如果你爸不同意怎么办？"

刘发展挥挥手说："他如果问我，我就告诉他，三个月后还他五百元。

他脑袋瓜再坚硬，这笔账还是会算的。"

"行，我记住你这份情了。"

陈震东又骑上加重的永久牌脚踏车，身体和脑袋在车上一左一右快速摆动，穿过两条小马路，两个菜场，三座桥，桥下流着蓝色塘河水，水里游着青色鲫鱼。陈震东无心跟鲫鱼打招呼，他赶去一个叫姐妹裁缝店的地方，找一个叫许琼的人。姐妹裁缝店面对塘河，每天对着塘河水、水草和塘河里的鲫鱼。

许琼带着双胞胎妹妹许瑶开了一家姐妹裁缝店。

姐妹裁缝店是座长方形的木头老屋，前面是店，后面住人。陈震东来到许琼的裁缝店，妹妹许瑶低着头，嗒嗒嗒嗒踩着裁缝车，姐姐许琼站在工作台前裁一块白布。她们剪同样发型，穿同款衣服，很多人分辨不清，说她们是镜子里和镜子外的两个人。

陈震东跨进裁缝店就把目的说了。许琼沉默了一下，抬头对陈震东说："我这里刚好有一千元，你先拿去急用。"

"我不要一千元，只要两百五十元。"陈震东说。

"你有毛病呀？"许琼惊讶地看着他说，"有现成的一千元，干什么要组织互助会。"

"不一样的。"

"有什么不一样？"

"当然不一样。"陈震东说，"一千元是借，双方是施与受的关系，两百五十元是互助，是朋友间的信任和游戏。"

"最终的结果不就是一个钱吗？"

陈震东愣了一下，她这句话确实说出了本质，但他又摇摇头说："虽然都是为了一个钱，形式不一样，最后的结果肯定也不一样。"

"你是老大，你说了算。"许琼笑着说，"我先给你两百五十元，如果急需钱用，随时来找我。"

"谢谢你许琼，我会记住今天这份情的。"

许琼说："我们是结拜兄弟，你的事就是我的事。"

陈震东要找的第三个人叫王万迁。他不知道能不能碰到王万迁，骑上加重的永久牌脚踏车，身体和脑袋在车上一左一右快速摆动，穿过两条小马路，一条大马路，两座农贸市场，一个菜场，六座桥，到信河街邮电局往王万迁办公室打电话。电话接到王万迁办公室，接听的人正是他。陈震东说："王万迁，我是陈震东。"

王万迁在电话那头说："我听出你是陈震东了，我很高兴你给我打这个电话。"

"你在办公室太好了，我担心你出差了。"

"我明天出差。"王万迁在电话那头说，"我刚想给你打电话，你的电话就来了，你说我有多高兴。"

陈震东说："天下竟有这样巧的事？"

"天下就有这样巧的事。"王万迁说。

陈震东说："我想跟你见个面，有事商量。"

"我也正想跟你见个面，商量个事。"王万迁说。

他们电话里约好在王万迁工厂门口见面。

陈震东和王万迁是在跑供销时认识的，陈震东推销的是电话交换机，王万迁推销的是帆布。他们一起住在银川一个小旅馆里，同乡又同龄，陈震东比王万迁大十天，两人成为无话不谈的朋友。

陈震东又骑上加重的永久牌脚踏车，身体和脑袋在车上一左一右快速摆动。他一路往北，这一路没有桥，河被填成马路了，马路两边是一排排商铺。往北尽头是一条江，名叫瓯江，滔滔江水穿过信河街，滚进东海。陈震东拐进瓯江路，瓯江路是大榕树的天下，树冠遮天蔽日，将马路包裹起来。有一棵大榕树长在路中央，像壮汉拦住去路，陈震东差点撞上去。

陈震东气喘吁吁骑到西角红旗帆布厂，王万迁已在大门口等候多时，见了面，两个人重重抱在一起。

"王万迁，我们又见面了。"

"我们又见面了，陈震东。"

两个人又重重抱了一次。

陈震东对王万迁说："你说有事跟我商量，你先说吧。"

"你先给我打的电话，按理应该你先说。"王万迁说。

陈震东说："好的，我先说。"

陈震东就把自己组织互助会的事跟他说。王万迁听完一声没吭，盯着陈震东看了五秒钟，握着拳头在空中砸了一下说："陈震东，我们又想到一起了。"

"你也想组织互助会？"

"是的，"王万迁转头看了看背后的工厂，又转回来说，"我出完这趟差，回来就辞职。"

"那你就不能参加我这个互助会了。"陈震东叹了口气说，"遗憾的是我也不能参加你的互助会。"

"我可以参加你的互助会，"王万迁说，"但你最好能让我第二个收会钱。"

"第二个已经答应给刘发展了。"陈震东说。

"我第三个。"王万迁说。

陈震东说："我记住你这份情了。"

王万迁抱住陈震东，笑着说："咱们是患难之交，不说情。"

陈震东最后去找带他跑供销的师傅胡长清。胡长清拍了一下秃得寸草不生的圆脑袋说："这是好事，我一定支持。"

陈震东说："对不起师傅，我当了逃兵，你不会怪我吧？"

"年轻人就是要出去闯荡，窝在一个地方算什么屁本事？"胡长清又拍了一下自己的圆脑袋说，"想当年我一个人单枪匹马闯西北……"

陈震东知道胡长清又要怀旧了，其实他真正跑供销也没几年，却是东风电器厂公认的供销大王。他的故事陈震东最少听了一百遍，可谁叫他是师傅呢。

讲完故事，胡长清从随身携带的公文包里点出两百五十元。陈震东对他说："师傅，你最后一个收会钱不会介意吧？"

胡长清又拍一下自己的脑袋说："介意个屁，我现在不缺这点钱。"

陈震东没有再说什么，深深地给他鞠了个躬。

胡长清拍了一下他的肩膀说："既然你认我这个师傅，临别之前，我还有两句话要说。"

"师傅请讲。"

胡长清举起手又要拍自己的脑袋，这次举了一半就放下了，搓了搓手说："第一句，古话说，商场如战场，你以后每走一步都要小心谨慎，一步踏错可能导致全盘皆输。人生百年，没必要太贪心，该做的做，不该做的绝对不做。"

"我记下了师傅。"

"第二句，要懂得人心险恶，要有防人之心，更要有善待他人之心，能够对别人笑的时候尽量笑，能够帮别人的时候尽量帮。平时所做一切是因，什么时候结出果只有老天知道，要相信头顶三尺有神灵。"胡长清看着他说。

陈震东点点头说："我都记下了师傅。"

胡长清对他挥挥手说："去吧，祝你鹏程万里。"

第五节

十六天后是星期日，按照信河街风俗，上午八点零八分，瓯江潮水上涨时，陈震东的多美丽服装店在信河街十八号开门营业了。陈震东不太相信"八"与"发"的谐音，也不太相信涨潮与赚钱的必然联系，但他相信，生意能不能成功，有必然因素，也有偶然因素，偶然因素有时会影响必然因素。什么叫偶然因素呢？陈震东的理解是一切不吉利的东西，做生意讲究和和气气，和气生财嘛。所以，开门营业时，陈震东也按照风俗放了一串五百响的鞭炮，比较隆重地宣告人生踏上了新征途。

放开门炮前，刘发展和许琼来了，王万迁出差在外，特地从兰州拍来一份贺喜电报。师傅胡长清坐着三轮车，送来一盆万年青。胡长清下午就要出差，放下万年青，坐着三轮车赶到车站买汽车票。

开业这天陈文化没来，胡虹也没来。

胡虹衣服都换好了，陈文化问她："你干什么去？"

"我上街看看。"

"我知道你要干什么去，"陈文化又下了一道命令，"不准去。"

"我去侦察一下情况，马上回来。"

"侦察个屁，出了个逆子，这个家从此不得安宁了。"陈文化叹了口气，又给胡虹下了一道命令，"从今往后，你不能跨进那地方半步。"

"怎么说他也是咱们的儿子呢。"

"放你妈的狗屁，"陈文化突然骂道，"从今天起，咱们就没有儿子啦。"

陈震东并不知道自己被陈文化开除出儿子队伍了，即使知道，他现在也无暇顾及，他的多美丽服装店被客人挤得像筷子笼。一天时间，他进的八十双皮鞋、一百条裤子、一百件衬衫、五十条裙子被全部扫光。

晚上十一点钟打烊后，陈震东结完账，吓了一跳，他妈的，一共收入三千六百六十元，也就是说，这一天的营业额，除了把所有的本钱赚回来，还多了六百六十元。

陈震东觉得心里有一头老虎在奔跑，把他的身体不断撑开，撑得他喘不过气来。他锁了店门，骑着加重的永久牌脚踏车赶到姐妹裁缝店。可惜店门已关，里面一点声音没有，估计许琼和许瑶已经睡下。陈震东又骑到天地文书馆，里面一片乌漆抹黑，刘发展跟家人住在一起，如果这时喊他，必定惊动他爸妈。陈震东骑着脚踏车在街上转，他有一肚子的话，想找个人说说，却又不知道找谁好。

不知道在街上骑了多久，陈震东发现自己骑到东风电器厂，传达室霍师傅是他师傅胡长清的战友，陈震东决定找他聊聊。他进了传达室，霍师傅已经喝多了，叫了几声没反应。陈震东正要转身离开，看见办公桌上的电话机，突然决定给远在兰州的王万迁打一个电话。

陈震东并不知道王万迁住在兰州哪个旅馆，也不知道住在哪个房间，更不知道电话号码，他拿起话筒，随便拨了一通号码，"喂"了一声后，对着话筒说："你好，麻烦你帮我转到甘肃兰州市。"

他等了一会儿，接着说："你好，麻烦你帮我转到胜利旅馆的总机，号码是 5678。"

他又等了一会儿，说："你好，麻烦你叫一声 123 号房间的王万迁先生，谢谢。"

陈震东又等了一会儿，站直身子，伸了伸脖子，咳嗽一声，对着话筒说："是王万迁吗？我是陈震东。我知道这么迟不应该给你打电话，我知道你今天跑了很多企业，嘴皮磨破了，嗓子说哑了，腿跑酸了，身上的骨头快散架了，更知道现在你的眼睛都睁不开了。可我今天有一卡车话要跟你说，这些话像一千只老鼠在身体里跑来跑去，又啃又咬，不说不行啊，不说的话，我会被这一千只老鼠咬死的。我如果死了，你回来就见不到我了，我晚上一定要让身体里的一千只老鼠跑出来。我现在要正式对你宣布一件事情，你站稳了，不要听了之后摔筋斗，隔这么远，我可没办法扶你起来。我宣布，今天多美丽服装店的营业额做了……"

陈震东故意停下来，把听筒拿到眼前看了看，吹一口气，又放回耳边说："王万迁，你听好了，我今天营业额做了三千六百六十元。你没想到吧？老实说我也没想到，还有你更想不到的事，你知道成本是多少吗？我知道，你一定猜不出来，我们是好朋友，我才告诉你，成本只有一千两百元，这下你知道我赚多少钱了吧？这是我这辈子赚得最多的一次，是为自己赚的，他妈的，我一天之内成富翁了。但我知道，这只是开头，赚大钱的日子还在后头呢。我有一个预感，我的机会来了，更准确地说，是我们的机会来了。我说王万迁你还在听吗？哦，是的，我知道现在就是把你摁在床上也睡不着了，用榔头砸你也睡不着。你现在肯定腿也不酸了，身上的骨头发出咯咯咯的响声。你是不是觉得身上充满了力量，像一只出山觅食的老虎，张开血盆大嘴，一口就能把全世界吞进肚子。是的，我现在觉得自己就是一只老虎，是一只比地球还要大的老虎。我开始奔跑了，停不下来了，我张大了嘴巴，食物哗啦啦流进我无边无际的身体。"

陈震东又停了一下，伸手摸摸口袋，又拍拍胸口，接着说："是的是的，现在我口袋里装满了钱，这些钱是酵母，它们接下来会发酵出更多钱。是的，我明天一大早就要去石狮进货了，听说石狮那边的货更好更便宜，样式更时髦，是从台湾地区模仿过来的。是的，我上次是去广州进的货，上次我还有点保守，本钱也不够。这次就不一样了，我更有信心了，我要带着身上所有的酵母杀过去，你想一想，这些酵母再翻两番是多少？对，一万元，天哪，王万迁，一万元哪，我成万元户了，万元户就可以称富豪了吧？再去一趟，就能翻到三万。然后是十万，三十万，一百万，三百万，一千万……"

陈震东用手按住胸口，大口大口地喘气，说："不能再说下去了，王万迁，我亲爱的朋友，再说下去我的心脏就要跳出来了。我多么希望现在就能见到你啊，让你来多美丽服装店看看，我更希望你也像我一样，我们一起做生意，一起打拼，一起成为亿万富翁，一起为我们的人生目标奋斗吧，亲爱的王万迁，我在信河街等你，等你早日归来。"

挂断电话后，霍师傅还没有醒，陈震东拍拍肚子说："好了陈震东，你一卡车的话说完，身体里一千只老鼠跑光，现在爽到了。"

第六节

为了省钱，陈震东没有另外租仓库，他们家距离服装店只有三百米，每次进了货，陈震东先把货卸在家里，整理好后再一批批运到店里上架。货运过来时，两百来斤的一个包裹，陈震东一个一个背进屋里。

那天凌晨，陈震东正在客厅整理新到的裤子，胡虹从楼上下来，在一把椅子上坐下来，对陈震东说："你爸说他最近一直睡不好。"

"为什么？"

"你爸说隔壁邻居看他的眼神比巴掌还厉害，让他无地自容。"

"为什么？"

"你爸说因为你做生意。"

"我做生意让他觉得丢人了？"

"你爸说，你如果一定要做就去外面租个仓库吧。"

"为什么？"

"你爸说，你最好搬出去住。"

陈震东突然笑起来："这里是我的家，我哪里也不去。"

"我只是传达你爸的话，搬不搬你自己看着办。"

"我爸的看法也是你的看法吗？"陈震东看着她问。

"我去做早餐了。"胡虹说。

陈震东没搬出去，只是从那以后他很少见到陈文化。他能感觉到陈文化的气息，但陈文化像老鼠一样躲着他。

陈震东每个月按时给胡虹利息，胡虹问他："你生意怎么样？能不能赚口饭吃？"

陈震东笑了笑说："刚好赚口饭吃。"

"实在不行，还是回东风电器厂上班吧。"

"我欠家里的两千元怎么办？"

"从你工资里扣除呗。"胡虹毫不犹豫地说。

陈震东说："我不回去。"

胡虹叹了一口气说："再过一段时间，估计你想回也回不了了。"

"怎么了？"陈震东问。

"这几个月工厂订单越来越少了。"胡虹又叹了口气。

"胡师傅他们不是在外面跑业务吗？"陈震东问。

"这个月只有胡师傅发回两笔订单，其他业务员都交白卷。"

这点陈震东早有预料，他跑供销时就听说，很快就会生产出一种新型电话机，他没想到会来得这么快。

第七节

有天下午，刘发展路过多美丽服装店，陈震东远远就喊："你来得正好，帮我看一下店，我去撒尿。"

说完，不等刘发展回话，捂着裤裆就跑。

前后不过三分钟，结账的客人排起了队伍。

刘发展在店里待了一个半钟头，没跟陈震东说上一句话。

吃晚饭时店里的客人才陆续散去。刘发展看着陈震东，摇摇头，慢悠悠地说："不行啊，你这样不行。"

"没办法啊，刚才你也看到了，忙起来连撒尿拉屎的时间也没有。"陈震东说，"不瞒你说，从早上到现在，我还没吃一粒米饭呢。"

"所以我说你这样不行，钱要赚，生活更要过得爽。"刘发展说。

"你有什么高招？"陈震东看着他说。

"你得找一个女人。"刘发展说。

"找个女人有什么好处？"陈震东问。

"可以帮你看店啊。"刘发展说，"我觉得你需要一个帮手。"

"除了看店呢？"

"可以给你做饭烧菜啊。"

"还有呢？"

"你不高兴了可以骂骂她，高兴了可以亲亲她。"

"还有呢？"

"可以睡觉啊。"

"还有呢？"

"可以给你生孩子啊。"

"那倒是。"陈震东说。

"我觉得你应该认真考虑这个问题。"刘发展说，"是时候了。"

"既然有这么多好处，你为什么不找个女人？"陈震东笑着问。

"谁说老子不找了？老子白天在找，夜里做梦也在找。"

刘发展走后，陈震东考虑了一下，觉得他说的有一定道理。他对自己说："好吧陈震东，你也老大不小了，也该找个女人了，既能睡觉、生孩子又能帮忙看店，三全其美。"可是，陈震东没想清楚要找什么样的女人，更不清楚应该去哪里找女人。刘发展刚才提示他要从生活中找，就近找，他想了一圈，没发现身边有合适的女人。这让他有点惆怅。

入夏后，陈震东的服装店从三十平方米扩大到五十平方米。

这天，五十平方米的服装店来了一个叫柯又绿的女人，她看中一条白色百褶裙。

陈震东认识柯又绿，她是信河街第一小学语文老师柯无涯的女儿。

那时候他们叫她柯铜锣。她还没上学，一张大嘴巴上面整天拖着一对绿汪汪的鼻涕虫，不时伸舌头去舔一下。她那时养了一只母鸡，为了让它多下蛋，柯又绿经常在校园挖蚯蚓，挖不到蚯蚓哭，挖到了也要哭，嗓门很大，像铜锣敲响了。十多年不见，她嘴巴更大了，嘴唇又红又厚，胸脯高高耸起，可能鸡蛋吃了不少，皮肤又白又光滑。陈震东觉得腋窝被人擂了一拳，他对柯又绿说："你喜欢这条裙子？"

"我蛮喜欢。"柯又绿又看了一眼那条裙子。

"我家里还有一条，比这条更漂亮。"陈震东眼睛瞪着她的嘴唇。

"你去拿吧，我在这里等。"又红又厚的嘴唇动了动。

陈震东摇了摇头说："你看看，店里这么多客人，我现在哪里跑得开？"

"算了，我就买这条。"柯又绿想了一下，又拿起那条白色裙子，在身上试了试。

"你这么漂亮，穿上那条裙子后肯定更漂亮。"陈震东说。

"既然你这么说，我帮你看店，你去家里拿来。"柯又绿说。

"那怎么行？"陈震东看了一下她的胸脯，夸张地说："有人拿着这条裙子跑掉怎么办？"

"你把我当什么人了？"柯又绿一生气，胸脯一起一伏，命令道，"你去拿，我站在这里坚决不走。"

"我不是说你。"陈震东吞了一下口水，不敢再看，"我完全是为你着想，那条裙子好像是专门为你做的。"

见陈震东这么说，柯又绿的口气有点缓和下来："真有那么好？"

"你明天来，我把那条裙子带来。"陈震东说。

柯又绿第二天来到多美丽服装店时，陈震东拍了一下大腿，懊恼地说："你来晚一步啦，刚才一个女人看上那条裙子，我说不行，已经留给你了，没想到她拿着裙子就跑，比火车还快。"

柯又绿的胃口被陈震东吊起来了，从昨天到今天，她一直在想象那条裙子，居然被人抢了，她跺了跺脚，对陈震东说："你要赔。"

"你别急，"陈震东安慰她说，"我已经给石狮的厂家打电话了，让对方马上用急件寄一条过来。"

"我喜欢一件衣服一刻也不能等。"停了一下，柯又绿问，"什么时候能到？"

"这个我也不知道。"陈震东说，"可能是明天，也可能是后天，你最好每天过来看一下，免得又被人抢走。"

第三天柯又绿来服装店时，陈震东对她说："柯又绿，你帮我看一下店好不好？我想撒尿。"

柯又绿张了张大嘴巴，夸张地说："你不怕我偷了店里东西跑掉？"

陈震东笑着说："我知道你不是这样的人。"

说完，陈震东就跑了。陈震东并没有去尿尿，而是拐了一个弯，藏到斜对面的街角观察柯又绿的一举一动。他看见柯又绿在观察街上的人来人往，看见柯又绿在观察服装店里每个顾客的每一个表情和每一句话，看见柯又绿先是站着，她朝公共厕所方向伸了三次脑袋，然后坐在椅子上了。坐了一会儿又站起来，在店里走了一圈，回到收银台，她低头看了看。陈震东的心提了起来，他看见柯又绿抬头看了看四周，弯下腰，捡起一个东西，又抬头看了看四周，然后装进口袋里。陈震东提起的心哐当一声掉了下去，他叹了一口气，摇了摇头，对自己说，陈震东，你白费心思了，你死了这条心吧。又等了五分钟，陈震东多么希望柯又绿能把口袋里的东西拿出来放回到地上去啊，可是她没有。陈震东只好从斜对面的街角歪出来，心情灰暗地走进服装店。

柯又绿说："陈震东你去了这么久，撒的是什么尿啊？"

陈震东点点头说："是一泡伤心无比的尿。"

柯又绿看了看他，点点头说："身体瘦了一圈，看来确实伤得不轻。"

陈震东不想再看见她，也不想回她的话。

柯又绿从椅子上站起来，朝店外走了两步，陈震东刚想开口，她回过身，从口袋里掏出一沓钱递给陈震东说："这沓钱是我刚才在你店里捡的，不知道是你丢的，还是客人丢的。"

陈震东心里开出了一朵朵花。

柯又绿第四天来服装店，陈震东对她说："柯又绿，你这么喜欢服装，来我店里当营业员怎么样？"

"好哇。"柯又绿笑了笑，接着又说，"你给我开多少工资？"

她能这么问，陈震东很高兴，说："你报个数吧。"

柯又绿又笑着说："我很贵的，最少一天五十元。"

"五十元就五十元。"陈震东心里想，报五百元也没关系，等老子把你收了，你的钱不就是我的钱了，"今天就上班。"

"没问题。"柯又绿说。

陈震东很快发现，请柯又绿当营业员是一笔好交易，柯又绿腿长，无论什么衣服往她身上一套，前凸后翘，性感又妖娆，男人的眼睛爱往她身上关键部位瞄，女人的眼睛到她身上也发光。她在店里一站，把整条街的客人都吸引过来了。

过了半个月，柯又绿发现了一个问题，打烊时她用另一种发音方式说："陈震东，你是个骗子。"

"我怎么是个骗子了？"

"过了这么久，连裙子的影子也没寄来，你不是骗子是什么？"柯又绿嘴巴张得更大，舌头都露出来了。

陈震东哈哈地笑，柯又绿身上的两种气息他都喜欢，一种是骗人的，一种是咬人的，骗人的用来做生意，咬人的用来过生活。

等他笑完了，柯又绿很严肃地说："你要给我一个说法。"

陈震东一听又笑了，说："我第一眼看见你，就知道你是我要找的女人。"

"我不可能成为你的女人。"柯又绿说。

陈震东笑不出来了。

"十岁那年，我爸就给我定了小亲。"柯又绿说。

"柯无涯那个老王八蛋把你许给谁了？"陈震东觉得眼珠快射出来了。

"不许你骂我爸。"柯又绿看了陈震东一眼，问道："计化龙，你认识吗？"

"不就是百货公司那个打着耳洞的娘娘腔嘛。"陈震东不但认识计化龙，还认识他爸计去疾。计去疾曾经是他的图画课老师，也就是柯无涯那个老王八蛋的同事。

"计化龙是有点娘娘腔，"柯又绿说，"但人很斯文，从来不说粗话。"

"人好不好我不管，我关心的是你跟他睡觉了没？"陈震东看着柯又绿问。

"睡你妈的卵，我跟他手都没拉过呢。"柯又绿瞪了陈震东一眼，鼓着嘴说。

陈震东又笑了笑。

柯又绿问他："你贼笑什么？"

陈震东说："没睡觉就好，我要从娘娘腔手里把你夺过来。"

"我不在任何人手里，有本事你夺夺看。"柯又绿说。

次日，陈震东去百货公司找计化龙，计化龙在百货公司当营业员，他卖的是百雀灵啊、唇膏啊、甘油啊之类的化妆品。百货公司的营业员基本是雌性，计化龙在这种地方混久了，雌雄难辨。

陈震东大摇大摆走到计化龙面前说："娘娘腔，我是陈震东。"

"我知道你是陈震东，我希望你尊重我，叫我的名字——计化龙。"

"还是叫娘娘腔好，亲切又顺口。"陈震东伸出右手臂，钩住计化龙脑袋，大声问他，"柯铜锣是不是你老婆？"

计化龙不想回答这个问题，他觉得太丢人了，身子往后退缩，脑袋却死死地被陈震东钩住。

陈震东继续说："我昨天晚上把柯铜锣睡了。"

计化龙停止往后退了。

陈震东故意把声音提高，让百货公司其他人听见："娘娘腔你知道吗，当我晓得这个事实后，觉得第一对不起的人就是你，我们是小学同学啊。我如果知道柯铜锣跟你定过小亲，打死也不会去敲那面铜锣。那是你的铜锣啊。现在的问题是我已经把她敲了，我思考了一个晚上，做出两个艰难的决定：第一是把柯铜锣还给你，她是你的，虽然被我敲过一次，依然改变不了事实。第二是你把柯铜锣转让给我，我补偿你的损失，是我造成的失误，我要勇敢承担。"

计化龙说："陈震东，你能不能把我脖子松开？"

"不能。"陈震东把手臂拉紧一些，"我如果一松你就逃了。"

"你睡了我老婆，我干什么要逃？"

"我担心你想不开去自杀，"陈震东说，"譬如跳楼、跳河、上吊、喝农药。"

"你先松开手臂，我保证不自杀。"

"不松，你先选择我才会松手。"

"柯铜锣已经让你睡了，我还做什么选择？"

"我说过，那是失误。"陈震东说。

"但你得赔偿我的损失。"

"娘娘腔你开个价。"陈震东说。

"我们家当年付了一百元聘礼，加上利息，你现在得付三百元。"

"娘娘腔，你们家放高利贷呀？"陈震东停了一下，甩甩头说，"算了，三百就三百。"

"毕竟是柯铜锣出错在先，她要赔偿我们家的名誉损失费三百元。"

"你们家有什么破名誉？"陈震东又甩了甩头说，"好吧好吧，看在你爸曾经教过我图画课的面子上，我再给三百。"

"这些年我每年正月初一去他们家拜年和平时请吃饭，加起来算三百元。"

陈震东点点头说："这个倒还合理。"

"你们伤害了我，要赔偿三百元精神损失费。"

"他妈的，你这个娘娘腔，我和柯铜锣睡一觉，把你睡出精神病了？"陈震东发现计化龙太会算账了，不能由着他胡来。

"不是精神病，是精神损失，两个概念。我还没算青春损失费呢。"

"我管你什么狗屁概念，所有加起来给你一千元，多一分钱你也是痴心妄想。"陈震东给手臂加了一道力。

"陈震东你欺负人。"

"老子跟你做生意，跟你商量，跟你谈判，你这个娘娘腔倒好，顺着杆子没完没了往上爬，还说我欺负你，你还有没有良心？我们还是不是老同学？"

"是老同学。"计化龙脸色发青了，喘着气说，"我还有一个要求。"

"是钱免谈。"

"跟钱无关。"

"那可以。"

"我能不能骂你一句？"

"这个没问题，我还没听过你骂人呢。"

"陈震东，我操你祖宗十八代。"

第八节

过了几天，柯又绿说："陈震东，计化龙把八字送还给我了。"

陈震东说："哟嗬，娘娘腔蛮讲信用的嘛。"

又过几天，柯又绿说："陈震东，计化龙见到每一个熟人都说我是个淫妇，他不要我这个淫妇了。"

陈震东说："哟嗬，娘娘腔居然会来这一手。"

再过几天，柯又绿说："陈震东，计去疾给我爸写了一封绝交信，还画了一幅割袍断义图。"

陈震东说："哟嗬，文化人就是文化人。"

"陈震东，你为什么不问问我爸的反应？"柯又绿说到这里突然哭起来，她坐在服装店的收银台里，一边哭一边说，"你败坏我的名声，让我以后怎么做人？哇哇哇，我爸今天一大早大喊大叫，拿着一把菜刀要砍我。所有邻居都看见他拿菜刀追杀我，却没有一个人上来拦他，如果不是我跑得快，现在肯定是一具尸体了。哇哇哇，我跑出家门时，我爸对着所有人宣布，从今以后，他就没有我这个女儿了。哇哇哇，我这次被你害得没皮没脸，只有死路一条了。哇哇哇。"

柯又绿的哭属于干哭，有穿透力，回音大，脸上却没有泪痕。陈震东对柯又绿著名的哭声有心理准备，可这面隔了十几年后的铜锣突然敲响，锣声的响亮和密集还是大大出乎他的意料，震得他耳膜嗡嗡作响，震得服装店里的衣服簌簌发抖。

柯又绿的哭声把整条信河街的人都吸引来了，多美丽服装店被围得像高峰期的公交车厢。等柯又绿哭累了，陈震东才不紧不慢地说："柯又绿你哭够了吧？"

柯又绿说："没哭够。"

"如果哭能解决问题，请继续。"

柯又绿一听，原本缓和下来的哭声又爬上一个新高度，哭诉的内容转向了自我剖析："我柯又绿前世造了什么孽呀，哇哇哇，怎么会碰上你这个丧门星呀，哇哇哇，你这样不断设计陷害我，还不如像我爸一样一刀剁了我算了，哇哇哇。我现在真不想活了，陈震东你去找一把菜刀来，我在店里等你，这次我绝对不逃，我说话算数。哇哇哇。"

停了一下，柯又绿突然明白过来，紧急刹住哭声说："他妈的陈震东，你从头到尾不制止我，也不安慰我一句，故意纵容我大哭大喊，故意让整条信河街的人都知道,故意把我的名声搞臭,最后只能嫁给你,你说你是不是这么想的?"

陈震东笑着说:"柯又绿你讲点道理好不好,你放点脑子进去好不好,你爱哭不哭,又不是我逼的,怎么怪罪到我头上来了呢?"

柯又绿一想对呀,是自己要哭的,陈震东确实没有逼自己哭。她转念一想又觉得不对,如果陈震东不去找计化龙,计化龙就不会把八字送还给她,计化龙更不会在百货公司说她是淫妇,她不是淫妇,计去疾就不会给他爸写绝交信和割袍断义图,他爸也就不会拿菜刀追杀她,更不会跟她断绝父女关系。所以,这一切的源头都由陈震东而起,他是罪魁祸首,他罪孽深重。这么想后,柯又绿的脑子异常清醒,比任何时候都要清醒,她瞪着陈震东,一言不发。

陈震东被她看得头皮发麻,他说:"柯又绿你怎么不哭了,你不是绰号柯铜锣吗,你继续哭呀。"

柯又绿对他笑了笑。

陈震东被她笑出一身鸡皮疙瘩,打了个寒战说:"你这么又哭又笑的,好像我陈震东做错什么事似的。"

柯又绿一直对着他笑。

陈震东被她瞪得身上爬满蚂蚁似的,出一身冷汗,又出一身热汗,他用手做扇子状扇了扇说:"你再这么对我笑,我只好叫救护车把你送到精神病院去了。"

柯又绿笑着笑着,突然滚出两颗花生米大的泪珠。

陈震东赶紧对她摆手说:"柯又绿你别这样,我知道你心里委屈,我向你保证,我会想办法摆平柯无涯那个老王八蛋。"

"不许你骂我爸。"

陈震东说:"你说不骂就不骂,但我认为柯无涯确实是个老王八蛋。"

第九节

陈震东答应柯又绿一个月后摆平柯无涯。

柯又绿问他为什么要等一个月,陈震东告诉她:"当年我在西北跑供销,两年间,师傅胡长清只教了我一招,那就是观察和分析人。跟我们打交道的大多是国营企业的采购科科长,他们见多识广,都是人精,没一句真话。我们要观察他们说的每一句话的表情、动作和语气,然后和师傅回旅馆,关起门来分析出这个科长是个什么样的人,我和师傅像石匠,把一块大石头硬是雕刻出一个人的模样来。只要把这个人雕刻出来,这个生意就做成一大半了,接下来就是该不该给他送礼、该送多少礼、送什么地方、什么时候送的问题了。"

"你分析出我爸是个什么样的人了吗?"

"分析出来了,你爸就是个老王八蛋。"陈震东说。

"陈震东,你如果再说我爸是王八蛋我明天就冲到你家骂你爸是王八蛋。"

"你去啊，我不拦你。"

"陈震东，我觉得你才是真正的王八蛋。"

"谢谢夸奖，真正当好一个王八蛋其实挺难的，比做一个坏蛋难得多。"

"一个月后去找我爸也是你分析出来的？"柯又绿问。

"当然。"

"这有什么讲究？"

"不是我有讲究，是你那个自认为是文人的老王八蛋有讲究，去得早了，他气没消，又会拿出菜刀砍人；去得太迟，他的气消后又升上来了，也会拿出菜刀。"

柯又绿觉得陈震东有时挺神的。

一个月后，陈震东提着两瓶五粮液来到柯家。柯无涯睡饱了午觉，正靠在躺椅上寂寥地望着道坦外的天空。

陈震东把两瓶五粮液往他身边的小桌子一放，说道："柯老师还记得我吗？"

柯无涯眼皮弹开一下，立即合上，一副沉沉睡去的样子。

陈震东知道柯无涯没有睡，柯无涯这时的精神应该高度集中，每一个毛孔都像喇叭花一样张开。陈震东拉一把椅子在桌子对面坐下来，摆开架势对柯无涯说："我叫陈震东，曾经是你的学生。"

陈震东见他没有动静，话题一转："我今天来不是跟你谈师生感情，而是来跟你谈柯又绿的事，我知道，你跟柯又绿断绝父女关系的声明是假的，拿菜刀追杀她也是假的。"

柯无涯猛地张开眼睛，身体从躺椅上跷起来，张了张嘴巴。

陈震东对他摆摆手，说："你别急，先听我说完，如果没道理，不用你赶，我拍拍屁股就走，以后再也不会进你家门半步。如果我说得有道理，你就把柯又绿许配给我，柯又绿还是你女儿，你是我老丈人。"

"你讲，我看你能不能讲出一朵花来。"柯无涯撇撇嘴，又把身体放倒。

陈震东说："你如果真心想跟柯又绿断绝父女关系，根本不需要对那么多邻居宣布；你如果真心想杀柯又绿，事先更不会大喊大叫，静悄悄一刀砍下去，十个柯又绿也不够你砍。"

柯无涯身体又跷起来，陈震东又摆摆手，说："我知道你一定想问我你为什么要这么做，我认为你这么做只是做给别人看。你要做给计去疾看，你们是老同事老朋友，你要用这个行动告诉他，你是站在柯又绿的对立面。你要做给计化龙那个娘娘腔看，你要通过行动告诉娘娘腔，你反对柯又绿跟别的男人睡觉。你要做给街坊邻居看，出了这种事，你觉得柯又绿给你丢了很大的人，你柯无涯一世清名，桃李天下，女儿已许配给人，怎么可以和另外的男人睡觉呢？你要做出姿态，你要告诉街坊邻居，女儿是女儿，你是你，女儿虽然不清白，你是清白的。要我说，你这是掩耳盗铃，是自作聪明，谁不知道你心里的小算盘，你只不过给自己找一个台阶下罢了。"

陈震东见柯无涯被说得眼珠快掉出来了，他接着说："我今天来并不是为了告诉你这些话，而是要告诉你一件更重要的事情。从柯又绿这件事情上，可以看出计去疾并没有把你当作真正的朋友，真正的朋友是交心的，是心灵相通的。你知道，到目前为止，我和柯又绿并没有睡过觉，那只不过是我对计化龙的一种策略。在这种情况下，如果计去疾真是你的朋友，他应该站在你的角度为你着想，而不是给你写一封狗屁的绝交信和割袍断义图。他这么做，完全把自己提升到道德高度来俯视你，根本没把你当作知心朋友。"

"你别插嘴，我快说完了。"陈震东见柯无涯又张了张嘴，赶紧制止他说，"再说那个娘娘腔计化龙，他可真不是个好东西，你想想看，他如果是个男人，知道未婚妻被眼前这个男人睡了，应该拿起武器跟这个男人决斗。他不但没跟我决斗，还跟我讨价还价，把柯又绿当作砝码跟我算了一笔又一笔账。更让人觉得羞耻的是，拿了钱之后，他站在百货公司的柜台上，逢人就说柯又绿是淫妇，你说这样的人还有什么道德可言？你认为把女儿嫁给那样的人可靠还是嫁给我这样的人可靠？"

柯无涯看着陈震东说："我怎么知道柯又绿嫁给你比嫁给那个娘娘腔可靠？"

"我是你当年的学生啊。"

"你哪里是我的学生，我是你的学生才对。"柯无涯看了看桌上两瓶五粮液问，"你能不能喝两杯？"

"陪未来老丈人喝酒义不容辞。"

陈震东和柯无涯连喝了三杯。

"我平时只喝三杯。"柯无涯看着陈震东说，"好了，道理也讲了，酒也喝了，我现在问你一个问题，如果我把柯又绿许配给你，你怎么保证她不受别人欺负？"

"这个我真保证不了。"

"如果你让柯又绿受欺负，我会拿菜刀砍你，我说到做到。"

"但我会用我的生命保护她。"

"为了你这句话，老子今天破例一回，跟你再喝一杯。"

喝完四杯酒后，陈震东觉得柯无涯这个老王八蛋有点可爱起来了。

第十节

天地文书馆来了一个叫李美丽的女人。

李美丽是信河街五路公交车售票员。信河街的男青年排队等着坐她的公交车，他们把五路公交车称为李美丽，也把李美丽称为五路公交车。乘坐五路公交车和跟李美丽睡觉是他们的共同梦想。

刘发展和李美丽的丈夫伍大卫曾经是邻居。在刘发展的印象中，伍大卫每天在道坦练南拳和举哑铃，胸部发达得跟大姑娘似的，手臂跟大腿一样粗。据说伍大卫功夫好，打遍信河街无敌手，经常被社会上的帮派请过去解决各类纠纷，很吃得开。伍大卫是刘发展的偶像，他觉得只有伍大卫才配跟李美丽睡觉。

李美丽进来后，看了刘发展一眼，问他："你叫刘发展？"

刘发展点了点头，他喉咙发干，说不出话。

"听法庭的人说，你离婚诉状写得很好。"

刘发展又点点头，慢慢地说："还行。"

"我老公伍大卫，块头很大，床上却不行。"

"为什么块头大床上却不行呢？"

"不知道，试了几十种偏方，泥鳅吃了几十斤，就是没作用。"

"他同意跟你离婚吗？"

"狗生的，同意我还来你这里扯什么蛋？"

"你跟他沟通过吗？"

"沟通个屁，我跟他一天三小吵，三天一大吵，他死活不离。"

刘发展叹了口气说："既然他死活不离婚，这事我也帮不上忙，只能你们夫妻调解。"

"你们是不是串通好了，我跑到法庭是这么说，跑到你这里也这么说。"

"法律规定，离婚是夫妻双方的事，他没有做错什么事，你不能说离就离。"

见刘发展这么说，李美丽闭上了嘴巴，盯着刘发展看，看了一会儿，她又开口说："刘发展你帮帮我吧，我听法庭的人说，他们办不到的事你有办法。我求求你，帮我想办法，只要你帮我把这个婚离掉，你就是我亲爸，就是我再生父母，我以后每天给你烧香上供。"

刘发展说："你让我写离婚诉状没问题，伍大卫不同意离婚，我这个诉状等于白写，你付给我的费用等于白付。"

"不管有没有用，你就当做好事。"李美丽说。

"好吧，恭敬不如从命。"

刘发展花了十分钟把离婚诉状写好，看了一遍，递给李美丽。

李美丽笑着离开了天地文书馆。

刘发展看着李美丽消失在门外，又想想伍大卫那个大块头，觉得刚才的经历是一场梦，可桌上分明放着李美丽留下来的钱。

过了一段时间，李美丽又出现在天地文书馆，她对刘发展说："我把离婚诉状交给法庭，伍大卫对法庭说，我爱李美丽，我爱我老婆，我们感情像雁荡山一样高，像东海一样深，我们白头偕老，我不离婚。伍大卫说完当着法官的面搂我肩膀。你看看，他就是这么个狗东西，我差点气吐血了。"

刘发展看着她说："我说过，我只负责给你写诉状。"

"是的，你是说过。"李美丽笑了一下，接着又说，"可是，从法庭出来后，伍大卫恶狠狠地对我说，'如果你再提离婚的事，我会让人把你做掉，把你扔进瓯江喂王八。'他妈的，这是威胁我呢。"

刘发展说："我说过，这份诉状写了也是白写，你不信。"

"伍大卫问我离婚诉状是谁写的，我说是刘发展写的，他让我带一句话给你，如果你再参与这件事，他把你一起扔瓯江喂王八。"

刘发展沉默了一下，问："伍大卫真是这么说的？"

"伍大卫就是这么说的。"

刘发展又想了想说："伍大卫凭什么要把我扔瓯江喂王八呢？"

"就凭他是伍大卫。"

"他想扔谁就扔谁？"

"刘发展你别生气，我只是过来给你通个气，你千万别生气，像伍大卫那样的人渣不值得你生气。"李美丽说。

"老子没生气，老子偏偏不信他的邪。"

第十一节

刘发展去找伍大卫。

伍大卫坐在公交公司调度室，多年不见，伍大卫的胸肌比以前更大了，比生过孩子的妇女还大，眉毛也比以前粗。

伍大卫也认出了他，冷笑着说："狗生的刘发展，你干了一件好事，我要好好招待你。"

刘发展笑了笑说："伍大卫，你越来越健美了。"

"我正在想怎么招待你呢，你居然送上门来了。"

刘发展笑着说："我一眼就看出来，你的拳头也越来越硬了。"

"你选择吧，跳进瓯江喂王八还是剁掉一根手指头？"

刘发展依然笑着说："你现在名声很大，提起你的名字信河街很多人睡不着。"

"最好自己动手，如果让我动手你会死得更难看。"

刘发展收了脸上的笑容，走近伍大卫，贴近他的耳边说："你这么厉害的大人物，怎么连家里的老婆也收拾不了？"

伍大卫好像气球被戳了一个孔，马上就瘪了，连胸肌也小了下去，轻轻地骂了一句："狗生的刘发展，在信河街还没人敢这样跟我说话。"

刘发展笑了笑说："你再厉害，一回到李美丽的床上就不行了。"

"他妈的，再厉害的人也有软肋。"伍大卫眉毛挂下来了。

"我知道家家有本难念的经。"笑容爬上刘发展的脸，这一拳打到要害部位了，他看着伍大卫说，"你知道吗伍大卫，我给李美丽写那份离婚诉状完全是为了你。"

"为了我？"

"是的。"刘发展对伍大卫摆摆手，制止他打乱自己的思路，"我为什么要给李美丽写那份离婚诉状呢？因为我不写李美丽也会找别人写，我想我得维护你的形象和声誉，不能让李美丽到处乱说。"

"他妈的，你维护我的形象和声誉？"

刘发展说："我知道你有疑问，你心里肯定在问，既然我要维护你的形象和声誉，为什么还要让李美丽去法庭？这个我必须跟你解释一下，是李美丽去法庭在先，法庭的人叫她去找我，并不是我叫李美丽上法庭。

"这倒是实情。"伍大卫点点头。

刘发展说："好了，这个事情不是我今天来找你的目的。我今天来，是李美丽又去找我了，她说她铁了心要跟你离婚。你知道李美丽是公交车性格，她如果破罐子破摔，就像公交车喇叭一样到处鸣叫。对她来说，这当然不是什么光彩的事，但是，我认为伤害最大的人是你，你跟李美丽不一样，你是有社会地位的人，是有身份的人，信河街的人如果知道你在床上不行，还会维护和尊敬你吗？还有人请你去解决纠纷吗？还会请你坐酒席的上座吗？你说话的声音还响亮得起来吗？"

伍大卫心里一团乱麻，求救似的看着刘发展说："你说我该怎么办？"

"我今天来就是要跟你商量这个事情。我为什么要来？因为我们曾经是邻居，因为你是我的偶像，我不能不念邻居的情，更不能看着偶像的形象塌掉。我认为你应该主动地、坚决地、快速地、毫不犹豫地将李美丽离掉。你一定要取得主动权，而且，你还可以大度地分给李美丽一点财产。主动跟李美丽离婚是因为你跟李美丽感情不和，夫妻情分已尽，给她财产是因为夫妻一场，是你的大度。总之，在这件事上你做得越大度，别人对你的评价越好，你以后在社会上的威信越高。"

伍大卫闭上眼睛想了一会儿，睁开眼睛后，点了点头说："行，狗生的刘发展，就听你的。"

刘发展拍了一下伍大卫墙头一样厚的肩膀说："这就对了嘛，伍大卫，我还必须告诉你一件事，跟李美丽离婚对你来说有百利无一害。你知道自己为什么睡不了李美丽吗？医院也检查了，泥鳅也吃了，毫无作用，我学过一点麻衣相法，你跟李美丽相克，离婚后找另一个女人试试，包你一炮打响。"

听到这里，伍大卫拍了一下刘发展的肩膀，刘发展半边身体都麻了，伍大卫说："刘发展，我差点错怪你了，看来你还是有良心的。"

"你能理解我的苦心，我很欣慰。"

"算我欠你一个人情，以后有什么事你招呼一声，我替你摆平。"伍大卫举手又要拍刘发展的肩膀，刘发展赶紧站了起来。

第十二节

办妥离婚手续后，李美丽又来到天地文书馆，叉着腰说："刘发展，我今天来有两件事：一是感谢你帮我离了婚，不管你用的是什么手段，我都要感谢。二是我发现我喜欢你，准备对你发动全面进攻。"

刘发展一听，从椅子上跳了起来说："你不要陷害我。"

李美丽从包里掏出绿皮离婚证书在刘发展面前晃了晃，说："我说的每一个字包括标点符号都是真的，你记住，我现在自由了，我有权利喜欢你，也有权利追求你，至于你喜欢不喜欢，那是你的事。"

刘发展苦笑着说："这事我真不敢，伍大卫会把我扔瓯江喂王八的。"

李美丽哈哈哈地笑起来："我不担心伍大卫把你扔瓯江喂王八，我担心的是你跟伍大卫一样，上床后什么也干不了。"

李美丽只是刘发展的梦想，太遥远。李美丽像天上的月亮，谁会把天上的月亮娶回家当老婆呢？刘发展双手抱拳对李美丽说："看在我曾经帮你离婚的面子上，求你放我一条生路好不好，我会一辈子给你烧香上供，感念你的恩德。"

李美丽反问说："狗生的刘发展，我只问你一句话，你要实话实说，你看见我讨厌不讨厌？"

"不讨厌。"

"好，我要的就是这句话，你不讨厌，就是我追求你的全部动力和合理性。"

刘发展看着李美丽，什么话也说不出来，他在心里对自己说："刘发展，你完蛋了，你不是天生反骨吗？怎么碰到漂亮女人就软蛋了呢？"

刘发展事后回想，没有旗帜鲜明地回绝李美丽是有原因的。当李美丽向他发射进攻信号时，他的虚荣心得到巨大满足，美梦成真，原来癞蛤蟆可以吃到天鹅肉。同时，刘发展也异常清醒这事的不靠谱和危险性。李美丽的性格和美丽都让刘发展没有把握，他没信心驾驭好李美丽这辆公交车。

同时，刘发展也在心里不停地问自己："刘发展，你难道跟伍大卫一样，连一个女人也收拾不了，你还是不是个男人？"

刘发展举棋不定的时候，李美丽发动了全面进攻。

李美丽每天给刘发展送吃的，她不问刘发展喜欢不喜欢，放下东西就走。

李美丽每个礼拜约一次刘发展，不管刘发展愿意不愿意，拉着他就走。

五路公交车每次经过天地文书馆，李美丽推开车窗，凯旋似的挥手喊："刘发展，刘发展，我在这里。"

李美丽每天向刘发展汇报所见所闻。

李美丽每天向刘发展汇报吃喝拉撒。

李美丽每天向刘发展汇报身体反应。

李美丽每天向刘发展汇报思念之情。

李美丽每天向刘发展汇报对她示好的男人。

刘发展心里两个声音打来打去，打得火花四溅，打得身心疲惫，打得他不牢固的防线一点点被撕开，阵地一寸寸失守。就在刘发展即将全线崩溃的那一天，他对李美丽说："你不是担心老子上床后什么事也干不了吗？老子今天亲自演示给你看。"

李美丽一把将他推开，哈哈大笑："狗生的刘发展，你不要对我耍流氓。"

第十三节

又一年甜瓜上市，陈震东和柯又绿在华大利酒店请大家吃喜酒。

师傅胡长清来了。

刘发展带着李美丽来了。

王万迁来了。

许琼来了。

柯无涯来了。

胡虹来了。

陈铜和李铁也来了，他们是被胡虹叫来的，李铁对陈铜说："不公平。"

见陈铜没回话，他把头伸近一些问："你觉得这样公平吗？"

陈铜不耐烦地把他的脑袋拨开。

李铁看了一眼陈震东说："绣花的公子睡上女人了。"

"你也去做生意，你去做生意不就可以睡女人了嘛！"陈铜说。

"问题不在这里，"李铁摇了摇头，又看了陈震东一眼，对陈铜说，"问题是我们哪一点比绣花的公子差？凭什么是他先睡上女人。"

陈铜点点头说："这倒是。"

"他睡女人，咱们喝五粮液。"李铁把桌上的酒打开，闻了一下，"五粮液就是好。"

"不喝白不喝，"陈铜把酒杯递给李铁说，"满上。"

柯无涯问胡虹："亲家母，怎么没见到亲家？"

胡虹说："他耳朵不舒服，他的耳朵被机器磨坏了。"

柯无涯转身问陈震东："你没有请你爸？"

陈震东说："我请了，他没来。"

"你再去请，儿子结婚，老子怎么可以不来？"

陈震东笑着说："今天是我和柯又绿结婚，他来不来有什么关系？"

柯无涯突然伸手掴了陈震东一巴掌。所有人都愣住了。柯又绿第一个跳出来维护自己的丈夫："爸，你是知识分子怎么也学会打人了？"

柯无涯并不回答柯又绿的话，他问陈震东："你请过第二次吗？"

"我这就去请。"

过一会儿，陈震东回来说："我请了，我爸不来。"

柯无涯立即下了一道命令："再请。"

陈震东又跑出去，回来对柯无涯说："你再掴我一巴掌吧，我爸不肯来。"

柯无涯挥了挥手说："知识分子是讲道理的，你请了三次，心意已经尽到，我为什么还要掴你巴掌呢？"

大家入席后，柯无涯站起来，清了清喉咙，眼睛扫视一周，说："诸位亲朋好友，我今天本来没准备说话，刚才掴了陈震东一巴掌，柯又绿对我意见很大，眼睛瞪得像铜铃，要吃了我一样，所以临时决定说几句。"

柯又绿说："爸，我没有要吃了你。"

"大人说话，小孩别插嘴。"柯无涯对柯又绿挥挥手，又转头对大家说，"我刚才为什么要掴陈震东一巴掌呢？今天是他和柯又绿大喜的日子，是他们一辈子的大事，我作为一个长辈，只有祝福的义务，没有打人的权利。但是我打了，我希望陈震东和柯又绿记住这一巴掌，无论何时何地都要尊重老人，一个不尊重老人的人是办不成大事的。这是我今天要说的第一层意思。第二层意思呢，我还是要对陈震东和柯又绿说，你们现在从事的是商业，这个行业在中国的传统里地位不高。但我不这么看，我教了一辈子书，读过一点历史，对信河街的历史有一定了解，我们的祖宗早在南宋时就提倡和鼓励发展工商业，并且形成了唯物主义的哲学体系。"

柯又绿说："爸，这里不是课堂。"

"我知道这里不是课堂。"柯无涯看了柯又绿一眼，又转头对大家说，"也许有人会问，我为什么要在这种喜庆的时节翻历史老账，我说这些是为了告诉陈震东和柯又绿，你们从事什么事业并不重要，重要的是你们要知道为什么要做这个事、能把这个事做成什么样子。只要你们不去偷不去抢，不做犯法的事，我这把老骨头会一直在背后支持你们。老实说，陈震东一开始跟柯又绿相处我是不同意的，我有点看不起陈震东，唐代诗人白居易诗里说'商人重利轻别离'，我怎么放心把女儿托付给一个商人呢？"

柯又绿跺了一下脚，说："爸，你是不是喝糊涂了？"

柯无涯这次看也不看她，接着说："但是，陈震东主动找我谈了一次话，我问他，如果娶了柯又绿，怎么保证她不受别人欺负，他说自己保证不了，但会用生命来保护她。从陈震东这句话里，我看得出真诚，他不是在敷衍我，他未必是个好人，但做事会有原则和底线。这点很重要。至于他说会用生命来保护柯又绿，我个人认为有点夸张，每个人的生命只有一次，这一次生命虽然是父母给的，但所有权属于个人，谁也没有义务为别人轻易付出自己的生命。但我相信陈震东说这句话的诚意，我同意了他们的婚事，祝他们白头偕老，我希望他们的婚姻也能得到大家的祝福。"

柯无涯话音一落，四周响起热烈掌声，胡虹很受感染地对柯无涯说："亲家，你说得太好了，我代表陈文化敬你一杯，向你学习。"

柯无涯一口干了杯中的五粮液，环顾四周，悠悠地说："人还是要看点书的。"

胡虹点点头说："我明天就去图书馆办借书证。"

"给亲家也办一个。"柯无涯指示道。

"他的死脑筋确实应该开窍。"

师傅胡长清来向柯无涯敬酒，柯无涯一口干了。

刘发展带着李美丽来给柯无涯敬酒，柯无涯一口干了。

王万迁来向柯无涯敬酒，柯无涯一口干了。

许琼来向柯无涯敬酒，柯无涯举着酒杯，突然想起一件事："哎呀不能喝了，又破例了。"

许琼说："不行，你必须喝。"

柯无涯把酒杯握在手里，对许琼说："我平时只喝三杯，今天已喝四杯，不能再喝了。"

许琼说："别人敬你都喝了，我敬你也得喝。"

柯无涯说："每天只喝三杯是我定的规矩，自己定的规矩不能破。"

许琼："你今天已经破了，能喝四杯就能喝五杯。"

"也是，"柯无涯自言自语，"今天高兴，再破例一次。"

柯无涯喝干后，许琼又给他倒了一杯，柯无涯赶紧说："真的不能再喝了。"

许琼说："你必须喝。"

柯无涯说："已经第五杯了，再喝就醉了。"

许琼说："这杯酒是为陈震东和柯又绿喝，今天他们结婚，你高兴不高兴？"

柯无涯说："我当然高兴。"

许琼说："对了，那就喝了。"

"也对，"柯无涯又自言自语，"既然高兴，那就再破例一次。"

柯无涯干完第六杯后，许琼马上又给他倒了一杯，柯无涯看了许琼一眼，说："破历史纪录了。"

许琼说："我觉得今天的五粮液特别好喝。"

柯无涯："我喝出甜味来了。"

许琼说："好，我再敬你一杯。"

柯无涯说："干了干了。"

干完第七杯后，柯无涯问许琼："我好像在哪里见过你。"

许琼说："是的，你小学教了我五年。"

柯无涯说："这么说我是你的老师。"

许琼说："你忘记我了。"

柯无涯说："老师敬你一杯。"

许琼说："老师你又破纪录了。"

柯无涯说："难道我上课时没告诉你们，纪录就是用来破的吗？"

第十四节

　　王万迁辞职不是很顺利，他每写一次辞职信，厂里就给他加一次工资。因为西北三省是他拓展的业务，他一离开，那里就成了戈壁荒漠。王万迁知道拖下去不是办法，主动找厂长谈话，让厂里安排一个人跟他一段时间，等那个人熟悉西北情况后，他再辞职。王万迁一直拖到陈震东结婚后才把辞职办妥。

　　从厂里办完手续出来，王万迁直奔多美丽服装店，他搓着手对陈震东说："我晚上就去石狮。"

陈震东问他："确定了？"

"确定了。"

王万迁叫了一辆菲亚特出租车，钻进出租车前，他又伸出头来，向陈震东挥了挥手。

一个多月后，王万迁回到了信河街，人瘦了一圈，但两只眼睛闪闪发光。他没有直接去多美丽服装店，也没有找陈震东，他有更重要的事做。

又过了十天，那天晚上十一点，陈震东正在整理服装店，王万迁一路小跑着进来，站定后，大口大口地喘气，什么话也不说，陈震东看了他一眼，低头继续整理服装。王万迁把气喘顺了，见陈震东还在整理衣服，他有点生气了，说："陈震东，你不想问问我这一趟的情况？"

"不急，等我整理完再问。"陈震东说。

王万迁仰着脑袋说："你不想知道我这一趟是成功还是失败？"

"我已经从你的眼睛看出来了。"

王万迁说："你难道不想知道我这一趟赚了多少钱？"

陈震东说："我知道你会告诉我的。"

王万迁说："我不会告诉你的。"

陈震东说："你憋不住的，我知道那比憋尿还难受。"

王万迁说："我憋得住，我一点也不难受，我现在爽得像坐在气球上。"

陈震东说:"好吧,憋得住我就不问。"

"你还是问吧,"王万迁想了想,接着说,"我决定让你第一个知道。"

陈震东笑着说:"你不是不告诉我吗?"

王万迁说:"我临时决定告诉你了,你问吧。"

陈震东想了想,说:"既然你要告诉我,我还问什么呢?"

"陈震东,我现在才发现你是个坏人,我怎么交上你这样的朋友。"王万迁攥紧了拳头说,"既然这样,陈震东你站好了,不要滑倒,我这一趟赚了去年一年的工资,如果多带点本钱过去,可以赚更多。"

陈震东故意做出脚底打滑的样子,看着王万迁笑。王万迁也看着陈震东笑,他说:"陈震东,我发财了,我要发大财了。"

陈震东伸手在空中做个滑翔姿势:"你现在觉得快飞起来了吧。"

第十五节

刘发展对李美丽说:"我爸不同意我们的婚事。"

李美丽说:"我从来没要求你爸坐我的公交车。"

刘发展说:"我爸说你年龄比我大。"

李美丽说:"你爸不坐公交车我们照样开。"

刘发展说:"我爸说你结过婚又离过婚。"

李美丽说："我们公交车每天人上人下，从来不挑人。"

刘发展说："我爸说我们家也算书香门第，怎么能娶二婚女人？"

李美丽说："谁都嫌弃公交车，谁也离不开公交车。"

刘发展说："我爸说，如果我跟你结婚他就不认我这个儿子了。"

李美丽认真地看了看刘发展说："狗生的刘发展，我让你为难了。"

刘发展说："确实有一点。"

李美丽说："我去跟你爸谈一谈吧。"

刘发展说："你是不是想开着公交车去呀？"

李美丽说："他是我未来的公公，我怎么会用公交车撞他呢。"

"算了，你去了也是白去。"刘发展摇摇手说，"我爸认定的事九头牛也拉不回来，因为我爸就是一头大牛。"

"我还没去你怎么就知道不行呢？"李美丽问。

"我爸现在把你当敌人，看见你就会拿菜刀砍。"刘发展说。

"他对你动菜刀了？"

"没。"刘发展停了一下，说，"他给了我三条路：一、跟你断了来往。二、跟他断绝父子关系。三、他拿菜刀砍了自己。"

"你爸挺狠的。"

刘发展说："我爸把我逼到墙角了，他如果不逼，我还有点犹豫，他一逼，就完全把我推向你这边了。"

见刘发展这么说，李美丽抱着他亲了一下，说："可怜的刘发展，你以后就是孤儿了。"

刘发展摇摇头说："我爸不认我，我还是认他的。"

李美丽又亲他一下，说："刘发展，我果然没看错，你的境界比你爸高。"

刘发展说："境界高算个屁，老子现在无家可归了。"

李美丽说："我的家就是你的家。"

刘发展说："老子有种落难的感觉。"

李美丽说："我的身体就是你的家。"

刘发展说："老子最近堕落得很厉害。"

第二天，刘发展搬进李美丽的宿舍。

第三天，他们去民政局领了结婚证。

当天晚上，他们约了陈震东、柯又绿、许琼、王万迁，在新家喝了一顿酒，对外宣告一个新家庭成立。

结婚第二天，李美丽一早要出车，天还没光，刘发展醒来了，他说："李美丽，老子失业了。"

李美丽亲了刘发展一下，说："放心宝贝，我会养你的。"

刘发展一把推开李美丽，说："去，你看老子像个吃软饭的人吗？"

李美丽又扑过来，亲了他一口，笑着说："我就喜欢你吃我的软饭。"

第十六节

柯又绿那天早上起床，哇哇哇哭起来，她说："陈震东你看看，都是你干的好事，肚子大得像气球，你叫我怎么出去见人？"

过了一段时间，柯又绿又哇哇哇哭起来，她说："陈震东你看看，都是你干的好事，我胃口大得像头牛，我现在想吃猪脏粉，想吃鲍鱼汤，想吃灯盏糕，想吃马蹄松，想吃谷雨荸荠，想吃芒种虾皮，你给我通通找来。"

又过了一段时间，柯又绿早上起来照镜子，跺了一下脚，又哇哇哇哭起来，捂着脸说："陈震东你看看，我脸上全是黑斑，像八十岁的老太太，你叫我怎么出去见人？我不出门了，你快给我买个小灵通。"

又又过了一段时间，柯又绿又哇哇哇哭起来，她捧着肚子说："陈震东你看看，我好端端的肚子被人拳打脚踢，我前世到底欠你什么东西呀我？"

又又又过了一段时间，柯又绿又哇哇哇哭起来，她说："陈震东你看看，我的肚子顶到心窝上，气也喘不直了，饭也吃不下了，觉也睡不着了，走路也不稳了，我太难受了，我不想活了，你干脆掐死我算了。"

多美丽服装店已有三家分店，陈震东忙得像三头六臂的哪吒。

陈震东鸟枪换炮，加重永久牌脚踏车换成了本田王，腰里挂着砖头一样厚的大哥大，他经常一边开车一边摘下腰上的大哥大，声音很大地问："喂，你哪位？"

　　那天上午，陈震东开着本田王去巡店，腰里大哥大激烈叫起来，他戴着头盔，第一次没听见，第二次听见了，他摘下大哥大摁在耳朵上，声音很大地问："喂，你哪位？"

　　电话那头传来柯又绿巨大的哭声："哇哇哇，没良心的陈震东，我肚子快疼死了，你竟然问我是哪位，哇哇哇。陈震东，你再也见不到我了，哇哇哇，就算见到也是一具尸体了，哇哇哇。陈震东，这次我死定了，哇哇哇。"

　　陈震东将本田王停在公路中央，一只脚踏在地面，对电话那头说："柯又绿，你属狗的，命贱，死不了，我打电话叫救护车去载你，我马上往医院赶。"

　　陈震东叫完救护车后，把头盔绑在后座上，开足马力朝信河街人民医院赶。半路上，他腰里的大哥大又叫了，他摘下来摁在耳朵上，大声问："喂，你哪位？"

　　电话那头传来柯又绿打雷一样的哭喊声："陈震东，哇哇哇，我已经在医院了。医生说我羊水破了，破得很厉害，像自来水龙头打开了，哇哇哇，我觉得身体里的水分都流干了，哇哇哇。陈震东，我真的很疼，马上就要死了，你来看我最后一眼吧，哇哇哇。陈震东，我下辈子还要跟你做夫妻，哇哇哇，但我要做男人，哇哇哇，我要让你尝尝疼的滋味，哇哇哇。"

停了一下，柯又绿的哭声又响起来："陈震东，我要进产房了，医生不让我带小灵通了，永别了陈震东，哇哇哇。"

陈震东对着大哥大喊："柯铜锣，你坚持住，等我到了再生，你不是嫌弃小灵通信号不好吗？只要你坚持住，我给你换一个大哥大。"

陈震东赶到信河街人民医院妇产科时，柯又绿没有憋住，她眼泪汪汪地看着他："陈震东，我给你生了个儿子，我的任务完成了。"

陈震东握着她的手说："柯铜锣，你没等我赶到就生了，你的大哥大泡汤了。"

柯又绿摇摇头说："我不要大哥大，生孩子太辛苦了，太疼了，再不生出来我的命就没了。生出来就解放了，陈震东，我要睡一觉。"

"好吧，柯铜锣你睡吧，醒来你身上就有力气了。"陈震东伸出另一只手擦她脸上的泪水和汗水，她的身体像一个泉眼，陈震东的手一离开，泪水和汗水马上渗出来，陈震东说，"柯铜锣，你看看，你身上的力气至少可以再生十个孩子。"

柯又绿没接陈震东的话，她睡着了。

第十七节

陈震东腰里的大哥大叫起来，他摘下来摁到耳朵上，大声问："喂，你哪位？"

"陈震东陈大人，我问你，你是不是跟孙悟空一样从石头缝里蹦出来的？"

陈震东说："我现在很忙，服装店、家里两头跑，你如果没事我就挂了。"

"陈震东你给我听好了，你如果敢挂这个电话，我就死给你看，"胡虹在电话那头叫起来。

陈震东无奈地说："妈，你别闹了好不好，我现在忙得像个癫人。"

"陈震东，我很严肃地警告和提醒你，你要饮水思源，你想想，如果没有家里给你那两千元启动资金，你怎么可能从东风电器厂辞职出来做生意？如果没有辞职出来做生意，你怎么可能娶到柯又绿？你怎么可能骑上本田王？怎么可能拿上大哥大？怎么可能有这个孩子？你想想看，如果没有我和你爸，你怎么可能有今天？"

陈震东说："我没有过河拆桥，我真的有事。"

"陈震东，你不要说言不由衷的话，我知道你记恨我和你爸收你的利息，还给你设置了额度。你要知道，这些都是为了考验你，为了磨炼你，如果你连这些小问题都解决不了，怎么可能做成大事？你别骄傲，别以为赚了几个钱了不起。我告诉你，你是我生的，无论你披什么盔甲，我一眼就能看穿你的心思，你是不是觉得翅膀硬了，不需要我和你爸两个老东西了，准备扔下我们不管了是不是？"

陈震东说："我没有记恨你们，更没有扔下你们不管。"

"你和柯铜锣结婚后就搬出去另住，难道不算扔下我们不管吗？"

陈震东说："不是我爸下令让我们搬出来吗？这笔账怎么算到我头上了？"

"你爸叫你搬你就搬，你爸叫你去死你为什么不去死？"

陈震东说："命是我的，谁叫我去死我也不会听。"

"你还认不认你爸？"

陈震东说："当然认，但他叫我去死我不会听。"

"你还认我这个妈吗？"

陈震东说："你叫我去死我也不会听。"

"我不会叫你去死，你是我生的，如果你死了，我肚子不是白疼了？这笔账我会算的。我现在要问你的是，为什么生孩子这么大的事不告诉我？"

陈震东说："不是怕你们担心嘛。"

"放你妈的狗屁，"胡虹在电话那头拍了一下大腿，骂道，"你这是无视我的存在，你现在了不起了，骑着本田王，别着大哥大，戴着墨镜，像只大蛤蟆了。可我告诉你，你就是当上皇帝，我也是皇帝他妈，你凭什么生儿子不告诉我？"

陈震东说："你想多了，我没有无视你们。"

"你现在也是当爸的人了，如果以后你的孩子这样对待你，你一定会拿菜刀砍他的。"

陈震东说："我从来没有拿菜刀砍过人。"

"现在不砍人不等于以后不砍人。"

陈震东不知道胡虹准备跟他说多长时间，他又不能草率地挂断，只好问她："妈，你直说吧，到底要我做什么？"

"马上开着你的本田王来接我去你家，马上。"

陈震东说："你早说不就行了吗，绕这么大的弯干什么？"

胡虹到陈震东家后，抱着孙子左看右看，上看下看，横看竖看，里看外看，突然拍了一下大腿哭起来，眼泪一把，鼻涕一把。柯又绿吓了一跳，赶紧伸手将孩子抢过来。陈震东说："妈你又怎么了？"

"我想起你爸了。"

"想起我爸你哭什么？"

"你爸完蛋了。"

"你好好看着孩子，怎么说我爸完蛋了呢？"

"你多长时间没见到你爸了？"

"结婚以后就没见到过他。"

胡虹又拍了一下大腿，哭着说："你爸老年痴呆了，去年退休后，每天准时去工厂，拉着他不让去，他张嘴就咬，牙齿比狗还锋利。去了就坐在第一车间，一坐一整天。你爸退休后，李铁顶替他当了第一车间的车间主任，他和陈铜搬张破沙发让你爸坐，每天中午带你爸去食堂吃饭，下班将他送回家。今年开春，东风电器厂被人承包了，变成私营企业。你爸还是每天去工厂，我拉着不让去，他张嘴就咬，比老虎还凶。陈震东你看看，我两只手全是疤痕，都是你爸的功劳，你说说看，我的命有多苦，看见你们这么幸福，我当然就想起你爸，当然就哭了。"

陈震东说："你带我爸去医院看过吗？"

胡虹说："除了东风电器厂，他什么地方也不去。"

第十八节

陈震东去看望陈文化。

陈震东开门进去，看见陈文化坐在一张藤椅里，藤椅下面绑着一堆砖块，走近了才发现，陈文化的身体被绑在藤椅上。

胡虹解释说："不绑起来不行啊，一眨眼就不见了。一出门就往东风电器厂冲。他现在走路跌跌撞撞，像刚学会走路的儿童，路上摩托车和菲亚特横冲直撞，我担心他被撞死。"

被绑在藤椅里的陈文化，身体像一根枯草，手虽然被绑住，还在明显抖动。脸上没有表情。眼神灰白色。

陈震东蹲下来，把他身上的绳子松开。

陈文化呆呆地看着陈震东，嘴角颤抖了几下，问道："你是谁？"

陈震东说："爸，我是陈震东，你的儿子。"

"我耳朵聋啦，听不清楚。"陈文化伸手指指自己的耳朵，突然咧开嘴笑了一下。

陈震东靠近他的耳朵，大声说："我是陈震东，你的亲生儿子。"

"放你妈的狗屁，你是个骗子，"陈文化突然一口唾沫吐在陈震东脸上，说，"我儿子早死了，你肯定是个骗子。"

陈震东拉着陈文化的手，按在那口唾沫上，说："爸，我真是你的儿子，我叫陈震东。"

"现在骗子很多，骗术很高明，我谁也不相信。"陈文化用他那干枯的手掌拍打着陈震东的脸。

"我真的是你的儿子，我妈可以证明。"陈震东指着胡虹说。

陈文化顺着陈震东的手指看了看胡虹，问道："你是谁？"

胡虹大声说："你老糊涂了？我是胡虹，你老婆。"

陈文化说："我没老婆，她早死了。"

"你爸才早死了呢。"胡虹说。

"是哦，我眼睁睁地看着我爸被枪毙的。"陈文化说着把手抽回去，整个身体哆嗦起来，喃喃地说，"我还记得，那年我五岁，他被拉到学校的操场上，枪壳顶在他后背，嘭的一声，他就死翘翘了。"

"你爸是个资本家。"胡虹吼了一句。

"我爸平反时，政府发了两百元抚恤金，我拿到我爸的坟头烧了，真好看，纸灰像蝴蝶飞起来。我爸也看到了，他对我笑了笑，对我竖起大拇指，夸我烧得好。"陈文化用颤抖的手跷了一下大拇指。

陈震东伸手去扶陈文化。

陈文化警惕地拨开他的手，看着他说："你要干什么？"

陈震东说："我送你去医院。"

陈文化没有开口，小心地打量着陈震东。陈震东再次伸手去扶，陈文化突然低头在他手臂上咬了一口。

陈震东低头一看，手臂印着两排血痕。陈文化身上其他地方都出了问题，唯独牙齿保留完好，均匀又整齐。陈震东忍住痛，说："走吧，你病了，我送你去医院。"

陈文化又看了看陈震东，说："你是谁？"

陈震东对着他的耳朵大声说："别管我是谁，我送你去东风电器厂。"

陈文化马上站起来，说："要去东风电器厂，我给你带路。"

第十九节

卖麻桥是伍大卫的地盘。

卖麻桥是个内河码头，河边一排百年以上的小叶榕树，房屋依河而建，正面临街，背靠塘河。码头四周水网密布，近接瓯江，外通无穷无尽的东海。

每天一早，四面八方的船只向码头汇拢，卖蔬菜的，卖水果的，卖柴的，卖竹的，卖海鲜的，卖山货的。有做布袋戏的，也有变魔术卖膏药的。有的在船上叫卖，也有的上岸摆摊。天还没亮，码头上就有灯光和人声，天边泛白，码头和河道里已经挤满船只和人，看不见尽头。到了下午两点，人群和船只慢慢散去，码头平静如洗，只有酒馆里传出醉酒人断断续续的歌声。

伍大卫每天早上来一趟卖麻桥，走一走，看一看，然后到丁香芹的早餐店里吃一碗糯米饭。

伍大卫在卖麻桥只吃丁香芹做的糯米饭，一个原因是丁香芹的糯米饭做得好，饭粒比别人的韧，汤汁比别人的香，油条末比别人的脆。另一个原因丁香芹是个寡妇，体态丰盈，皮肤白嫩，整个人晶莹得像颗刚出蒸笼的糯米饭。

丁香芹和她死去的丈夫都是信河街食品公司员工，她丈夫是货车司机，结婚不到一个月，起早去公司载货，把车开到江里，连尸体也没找到。

曾经有两个货轮主，平时关系很铁，在码头一个酒馆对饮，嘴里聊着丁香芹，聊到跟她睡觉的问题上，互不相让，动起了拳脚。伍大卫每天来丁香芹店里吃一碗糯米饭，有保护她的意思，他在店里一坐，什么话也不用说，大家都明白了。

伍大卫并没有动丁香芹的心思，家里母老虎每天晚上在床上嗷嗷叫，越叫他越没办法，哪有心思动别的女人。

丁香芹知道伍大卫跟李美丽离婚后，一天晚上，她换上从多美丽服装店买来的裙子，洒了POLO香水，敲开伍大卫家门。伍大卫正在练哑铃，他问丁香芹："你有事？"

丁香芹点点头说："我想跟你商量个事。"

伍大卫说："我要练功，有事明天早上店里说。"

丁香芹说："这事在店里不好说。"

伍大卫说："好吧，你说，需要我做什么？"

丁香芹说："你觉得我还算漂亮吗？"

伍大卫点点头说："整个码头的人都说你漂亮。"

丁香芹说："整个码头的人说了不算数，我是问你。"

伍大卫笑了笑说："漂亮。"

丁香芹说："你是不是有点喜欢我？"

伍大卫说："应该有一点。"

丁香芹说："我给你当老婆行不行？"

伍大卫愣了一下，说："我没想过这个问题。"

丁香芹说："难道我一点不吸引你吗？"

伍大卫说："不是，原因在我。"

丁香芹说："你会有什么原因？"

伍大卫说："我床上不行。"

丁香芹说："你身体这么好，力气那么大，不可能床上不行。"

伍大卫说："我跟李美丽试了又试，总是不行。"

丁香芹说："跟李美丽不行不等于跟别人也不行。"

伍大卫说："我没信心。"

丁香芹说："你要有信心，我觉得你是天下最棒的男人。"

伍大卫说："你觉得我行？"

丁香芹说："你肯定行。"

丁香芹说着，靠近伍大卫，主动亲他的嘴，亲他的身体，把他的手引导到自己身上来，慢慢解开裙子。

丁香芹对伍大卫说："伍大卫，你慢慢来，不要着急。"

伍大卫嘴上没有回答，心里一直劝自己别着急。

丁香芹对伍大卫说："伍大卫，我在这里，你放松。"

伍大卫心里对丁香芹说："老子是主场作战，很放松，你显得很不放松。"

丁香芹对伍大卫说："伍大卫，我的身体现在是你的了，你想怎么来就怎么来。"

伍大卫心里说："他妈的伍大卫，越是这种时刻你越要沉得住气，你得像个战场上的将军，指挥千军万马，冷静沉着，要有将军的风采。"

丁香芹对伍大卫说："伍大卫，我的灵魂现在也是你的了，我是你的奴隶。"

伍大卫心里对丁香芹说："是的，你现在就是老子的奴隶，老子就是你的王，本王要御驾亲征了。"

丁香芹突然大呼小叫起来："哦天哪，伍大卫，天哪，你果然是天下最棒的男人。你太厉害了，你是最棒的。"

伍大卫心里说："是的，老子是最棒的，老子天下第一，老子是常胜将军，攻无不克，战无不胜。"

跟丁香芹上过床后，伍大卫才知道女人跟女人是那么不同。和李美丽上床，他就是一摊烂泥，用尽浑身力气，他也成不了形。和丁香芹上床，丁香芹就成了一堆泥，他想怎么捏就怎么捏。他现在才找到做男人的感觉。他才知道做男人的感觉原来是这么强大和美好。

伍大卫想起了刘发展，刘发展曾经对他说："离婚后你找另一个女人试试，包你一炮打响。"伍大卫觉得和李美丽离婚离得太对了，这完全是刘发展的功劳，没有刘发展，哪里会有丁香芹？

伍大卫找到刘发展说："狗生的刘发展，你居然跟李美丽睡在一起。"

刘发展不知伍大卫来意，只能假装淡定："我也没想到呀。"

伍大卫说:"刚知道这个消息时,我真想把你丢瓯江喂王八。"

刘发展说:"有些事是天意,天意是不以人的意志为转移的。"

伍大卫说:"但我现在不生你的气了。"

刘发展说:"你不生气是对的,你跟天意生什么气呢?"

伍大卫说:"我不但不生气,还要感谢你。"

刘发展说:"感谢就免了,你能想通我很欣慰。"

"一定要感谢,"伍大卫拉着刘发展的手说,"你帮我找回做男人的尊严,我和丁香芹果然一炮打响。我现在是一个正宗的男人了。"

刘发展说:"恭喜恭喜。"

伍大卫说:"我要感谢你,我还是那句话,算我欠你一个人情,以后有什么事你招呼一声,我替你摆平。"

刘发展拉着伍大卫的手哈哈地笑:"这是天意,这是天意,有事我一定招呼你。"

伍大卫娶了丁香芹后,还是每天早上到卖麻桥码头走一趟,吃一碗丁香芹做的糯米饭。唯一不同的是,以前每个月底,丁香芹的早餐店要向伍大卫交纳十元保护费,现在反过来了,伍大卫把码头上收来的钱悉数上交给丁香芹。

一年之后,丁香芹从食品公司停薪留职,在卖麻桥码头开了一家丁香酒楼。

第二十节

刘发展连考三次没通过。

他原来没把这个考试放在眼里，没料到连吃三年败仗。这让他很没面子。他对李美丽说："老子白吃三年软饭了。"

李美丽安慰他说："那些考官肯定是瞎了眼。"

"我原来对考官没怀疑，连考三年，对自己产生怀疑的同时也对考官产生了怀疑。"停了一下，刘发展问李美丽，"你说我还考不考？"

李美丽说："考，当然考，第四次你肯定通过。"

刘发展想了一下，说："我决定不考了。"

李美丽说："当律师不是你的梦想吗？"

刘发展摇摇头说："现在不是了。"

李美丽说："这么快就破灭了？"

刘发展又摇摇头说："你刚才如果不让我考，我肯定还会考下去。你让我考，我决定不考了。"

李美丽赶紧说："我收回刚才的话，决定不让你考了。"

刘发展点点头说："好的，那我就确定不考了。"

"狗生的刘发展，你不讲信用。"

决定不考律师证后，刘发展想了三天三夜，也决定不再吃李美丽的软饭了。他要办一家大地法律咨询中介所，功能介于天地文书馆和律师事务所之间，唯一的缺憾是刘发展没资格上法庭辩护。刘发展有自信，只要上法庭，无论多难的案子他都能办下来。

办中介所之前，刘发展找陈震东商量。

陈震东想了十秒钟，然后问他："刘发展，我们是不是兄弟？"

刘发展说："你是我老大。"

陈震东又问："我们交往几十年，我有没有说过一句骗你的话？"

刘发展摇摇头说："骗我你就做不成老大了。"

陈震东又又问他："你觉得我服装店开得怎么样？"

刘发展说："信河街没人超过你。"

陈震东又又又问他："你觉得开服装店赚钱，还是开法律咨询中介所赚钱？"

刘发展说："当然是开服装店。"

"既然你相信兄弟，有钱就要一起赚。"陈震东看着刘发展说，"我接下来要开一家化妆品店，我想拉你入伙。"

"你是叫我不要开中介所？"刘发展问。

陈震东说："我觉得卖化妆品比开中介所更赚钱。"

刘发展想了想，说："我很高兴你拉我入伙，可我还是想开中介所。"

离开陈震东后，刘发展又去找许琼。

许琼问他："开中介所后政府规定不准考律师证了？"

刘发展说："那倒没有。"

许琼说："你为什么不考了？"

刘发展说："我原来也想考，李美丽让我继续考，我突然不想考了。"

第二十一节

王万迁刚开始去石狮运布匹用箱子装，一个箱子五十斤，第一次四个箱子，第二次八个箱子，第三次十二个箱子。后来改为包裹，一个包裹两百斤，第一次四个包裹，第二次六个包裹，第三次八个包裹。这时候，长途汽车司机不干了，汽车还要坐人，车里塞满包裹，人坐哪里？王万迁想想也对，他到长运公司包了一辆车，想装多少就装多少。

来回一趟，王万迁差不多需要两个月。

真正购货和运输只需要五天，剩下的时间王万迁多在等待。王万迁一路上要等五个信号，要经过晋江、惠安、宏路、分水关、南水头五个检查站。原本一天的路程，有时要走三天三夜，甚至五天五夜。

汽车从石狮出发后，王万迁就在等待晋江检查站发给他的信号，站里有他建立的内线，接收到晋江站发到他 BP 机里 666 的安全信号后，王万迁让司机赶快开车，车过晋江站，公路边闪出来一个人，王万迁赶快塞给那个人五百元红包。

过了晋江站，下一个检查站是惠安站。靠近惠安站五公里地，王万迁让司机把车开到隐蔽地方藏起来，等待惠安站的安全信号。王万迁不停看 BP 机，有时用小灵通试着给自己的 BP 机发信号。

第三个检查站是宏路站，王万迁也是在离宏路站五公里地让司机把车隐蔽起来，等待站里的内线给他发安全信号。

第四个检查站是分水关，这是福建和浙江交界的一个站，是五个检查站里最严格的，也是王万迁最担心的检查站。福建和浙江都在这里设了点，有时是轮流检查，有时两队人马一起上。

第五个检查站是南水头，这个站已隶属信河街地界，主要是查森林砍伐和运输，当然也顺便查其他物品，但只是例行公事。王万迁虽然也在这个检查站建立了内线，每趟也进贡红包，基本属于走过场，是王万迁最放心的一个检查站。只要过了分水关检查站，王万迁悬着的心也就落地了。

除了这五个检查站，也会有一些临时卡点，王万迁都能及时收到内线的信号，顺利避过。

每次发车前，王万迁都会给司机塞两条箭牌香烟，一路上好吃好喝伺候，到信河街还要塞两百元红包。回到信河街，王万迁把货卸到租来的仓库里。

第二天，要货的人纷纷找上门。王万迁坐在办公桌后面，一捆一捆地拆开钞票，点清后，又一捆一捆地绑起来。堆满布匹的房间一天比一天宽阔起来，王万迁每天下午跑一趟银行，把钱存进去。

第三天，王万迁叫了一辆三轮车，把许琼要的布料送过去。王万迁坐着三轮车到姐妹裁缝店，跟许琼和许瑶打个招呼，把货从三轮车上卸下来后，转身就走。许琼从身后叫住他："王万迁，结了账再走。"

王万迁回头看着许琼说："下次一起结。"

许琼笑着说："下次要付两次钱，我不干。"

王万迁说："拖到年底再结。"

许琼说："拖到年底你要算我利息的，我更付不起。"

王万迁说："我叫你不用付，你又不肯。"

许琼没有再接王万迁的话，很快把布钱算出来，递给王万迁，王万迁也不客气，顺手接了。许琼说："你再点一点，出了这个门，少了钱我可不认账。"

王万迁把钱塞口袋里，一边往外走，一边说："出了这个门，多出来的钱我也不认账。"

第二十二节

东风电器厂倒闭后，胡长清将养老金和买棺材的钱掏出来，又向陈震东借了三十万元，租个旧厂房，办了红星打火机厂，专门生产一次性打火机。

胡长清擅长销售，他把目标锁定各个香烟店。他的批发价是五角，香烟店卖给客人是一元。胡长清请人设计了五十款一次性打火机，各种颜色，各种造型。有一款打火机，外面有穿裙子的美女图案，点火后，美女的裙子慢慢脱落。每天有几十个电话打进胡长清的大哥大，点名要脱裙子这款。

胡长清一直牵挂着战友霍师傅。霍师傅在部队时伤了眼睛和腿，一百米外火车开过来也看不见，右腿夹着一根六十厘米的铁片，天气一变，走路困难。安置到东风电器厂后，霍师傅自恃负伤立功，不应该让他看大门，他不屑于直接向厂长说，而是一天二十四小时敞开工厂大门。他每天天一亮开始喝酒，喝到晚上不省人事，第二天醒来继续喝。老婆咽气时，霍师傅手里依然提着酒瓶。工厂倒闭后，树倒猢狲散，霍师傅回家继续喝酒。

霍师傅功劳盖世，在工厂里喝酒没人敢管，回到家里情况不一样，他儿子霍军也从西角红旗帆布厂下岗了。霍军听说王万迁做石狮布匹生意，下岗后也想走这条路。这时做生意起步门槛比陈震东那时高，跑一趟石狮没有十万至少也得五万。霍军工作多年，跟社会上舞拳弄棒的朋友时常出入酒楼，花钱大手大脚，那点工资根本不能让他放开来用，他早有心思辞职出来做生意，打出一番天地，工厂倒闭正合了他心意，可以名正言顺地向家里要钱。他没想到的是，向霍师傅开了几次口，霍师傅只愿长醉不愿醒。霍军那次向霍师傅要钱时，霍师傅唱起了《血染的风采》，霍军骂了一句"你这狗生的"，一把夺下霍师傅手中的酒杯。霍师傅腿坏了，手上功夫还在，用扔手榴弹的姿势和力道捆了霍军一巴掌，把霍军捆出一嘴的血。霍军见了血，心里的血气翻上来，将霍师傅掀翻在地，骑在身上，痛揍了一顿。霍军揍霍师傅，霍师傅也不反抗，一边伸手找酒，一边唱"也许我长眠再不能醒来，你是否相信我化作了山脉？"

霍军打了一次后，就相当顺手了。他每一次动手，霍师傅都唱《血染的风采》为他助兴。霍师傅每一次都被揍得血染残躯，但风采依旧，一爬起来立即找到酒瓶继续喝。

红星打火机厂的规模虽然不大，工厂一成立，胡长清马上设立了门卫室，把赋闲在家的霍师傅请来把守大门。

霍师傅到红星打火机厂上班后，依然不改英雄本色，每天酒瓶不离手，工厂大门二十四小时敞开。

胡长清每次出差回来，都会先到门卫室坐坐。从包里掏出两瓶白酒，再拉出一包鸭舌，跟霍师傅喝一杯。

霍师傅在红星打火机厂工作了半年多，有一天早上工人来上班，发现他背靠墙壁，屁股坐地上，死了。

胡长清接到办公室电话后，立即从北京赶回信河街。从机场乘坐富康出租车赶到门卫室，霍师傅依然背靠墙壁、屁股坐在地上、手里紧紧攥着酒瓶。霍师傅原来睡的床上坐着他的儿子霍军，他一见胡长清进来，干干地号叫了两声："爸，爸。"

胡长清俯身看霍师傅的脸，发现他脸上的胡须正一点一点地顶出来，身体散发出一股屎臭。胡长清回头问办公室的人："怎么不送殡仪馆？"

办公室的人指了指床上的霍军说："他不让。"

霍军这时又干号了两声："爸，爸，你的朋友胡长清回来了。"

胡长清看了看霍军，说："送殡仪馆吧。"

霍军也看了看胡长清说："我爸一辈子没享过福。"

胡长清说："身体都发臭了。"

霍军说："我爸一辈子都在做贡献。"

"你看你爸这样坐着不辛苦吗？"胡长清说出这句话后，心里一酸，差点掉下眼泪来。

霍军抹了一下眼睛说："我爸是我学习的榜样。"

胡长清说："死者为大，入土为安。"

霍军又抹了一下眼睛说："我爸临死还在坚守岗位。"

胡长清说："先送殡仪馆，有什么事咱们慢慢商量。"

霍军说："我爸做了一辈子好人却没好报。"

胡长清说："你这话什么意思？"

"我爸是在你工厂死的。"霍军抬起头，看着胡长清说，"我爸是在工作岗位上牺牲的对不对？"

胡长清点点头说："对，你爸是在工作岗位上牺牲的。"

霍军把头抬得更高，说："你要对我爸的死负责。"

胡长清的身体抖了一下，张了张嘴，没有发出声音，转头看了霍师傅一眼，问霍军："你要我怎么负责呢？"

霍军坐在床沿，跷起二郎腿，说："我爸为你工厂而死，难道应该白死吗？"

胡长清说："你想干什么，直接说吧，别拐弯抹角。"

霍军晃了一下二郎腿说："你得付我这个家属抚恤金。"

胡长清说："要多少，你开个价。"

霍军说："十万元。"

胡长清说："如果我不给呢？"

霍军说："不给我天天坐在门卫室守着我爸尸体。"

胡长清说："如果你爸的尸体臭起来呢？"

霍军说："尸体发臭我也天天坐在门卫室。反正我没事做。"

"你生了一个好儿子，你死以后还对你这么孝顺。"胡长清转头对霍师傅说。霍军指着胡长清说："你这狗生的别说风凉话，我听得懂。"

胡长清对霍军说："你忍心让你爸的尸体发臭，我却不忍心。"

霍军说："不忍心你就赶快给钱。"

胡长清说："我给。"

霍军说："这是你应该给的，你得对我爸的死负责。"

胡长清打电话让财务去银行取十万元。半个钟头后，财务把一个黑色塑料袋送到门卫室。胡长清把塑料袋递给霍军说："你点一点。"

霍军接过钱，点了点捆数，放手里掂了掂，说："我相信你。"

霍军站起来，把黑色塑料袋夹在腋窝下，朝门外走去。

胡长清厉声道:"你要去哪里?"

霍军回头瞟了胡长清一眼,双手反剪在背后,努了努嘴巴说:"去殡仪馆呀。"

第二十三节

柯又绿生完儿子后,家庭地位上升到母后级别,陈震东劝她暂时不用去服装店,在家里把孩子带好,让他没有后顾之忧。

柯又绿同意从前线退下来,做好后勤服务工作。除了带孩子,她每天晚上烧陈震东喜欢吃的江蟹和对虾,然后打电话:"陈震东,回来吃饭啦。"

陈震东一听,马上开着新买的富康车赶回家。

陈震东觉得这个老婆找对了。

有一天吃完江蟹和对虾后,陈震东拿着根牙签剔牙,柯又绿说:"陈震东,你还记得计化龙吗?"

陈震东脑子转了一圈,觉得名字很熟悉,却一时想不起来。他摇了摇头。

柯又绿收拾完碗箸,接着刚才的话题说:"就是跟我订过婚的计化龙。"

"哈，怪不得名字这么熟悉，"陈震东拍了一下脑袋，笑着说，"原来是娘娘腔。"

柯又绿抱起儿子，看着陈震东说："计化龙想跟你做化妆品生意。"

"好哇，"陈震东正愁找不到合适的人，他又拍了一下脑袋说，"我怎么把这个娘娘腔忘了呢，他原来就是卖化妆品的嘛。"

停了一下，陈震东突然哎呀一声，看看柯又绿，又看看柯又绿手里的孩子，说："柯铜锣，你跟那个娘娘腔一直藕断丝连？"

柯又绿一听，声调马上高起来："雷劈的陈震东，你怎么可以有这种肮脏的想法？"

陈震东依然盯着柯又绿说："你和娘娘腔真的没上过床？"

柯又绿哇地干哭起来："雷劈的陈震东，你把我柯又绿当什么人了？"

柯又绿的哭声震动整个房间，她怀里的儿子睁着眼睛看看陈震东，又看看柯又绿，异常冷静和沉着。

陈震东还是盯着柯又绿问："娘娘腔为什么不来找我，而是找你？"

柯又绿说："陈震东，你讲点道理好不好，我什么时候说过计化龙来找我了？"

陈震东把嘴里的牙签拿出来，指着柯又绿说："他没来找你，也没来找我，你怎么知道娘娘腔想跟我做化妆品生意？"

"我爸来找我了。"柯又绿说，"我爸来找我不行吗？"

陈震东说："这事怎么拐到你爸那里去了呢？"

柯又绿说："我爸说计去疾去找他的。"

陈震东说："他们不是割袍断义了吗？"

柯又绿说："我爸说计去疾主动找他的。"

陈震东说："这么说他们重归于好了？"

柯又绿说："我爸说，文化人还是重感情的。"

陈震东说："你爸还说什么了？"

柯又绿说："我爸叫我跟你说，如果能带就带计化龙一把，我们毕竟亏欠过人家，也算还一个情。"

陈震东想了一想，说："你爸这么一说，我倒觉得不应该带计化龙了。"

柯又绿跺了一下脚说："你怎么反悔了？"

"我根本没同意过。"陈震东用牙签指了指柯又绿的脑子说，"你想想啊，计化龙毕竟跟你有过一段说不清道不明的关系，我把他带在身边，等于带个定时炸弹，不知什么时候会出事情，我傻呀我？"

柯又绿看了陈震东一会儿，突然哇哇哇哭起来："算我看走眼了，我一直把你陈震东当个真正的男人看待，没想到你心眼儿比针眼儿还小。"

陈震东说："柯又绿你哭个鬼呀，我有这种反应你应该高兴才对。"

柯又绿说："你对我这样我还要高兴？"

陈震东又指了指柯又绿的脑袋说："你想想看，这正说明我爱你。说明我在意你。如果我不爱你、不在意你，你跟人家私奔我也不会眨一下眼睛。"

柯又绿一想也对，马上停止了哭声，问陈震东说："那你同意带计化龙做化妆品生意了？"

陈震东说："我带他可以，但有一点必须声明，我并没有欠计化龙什么情。我带他完全是因为生意上的需要。"

柯又绿马上点头说："只要你肯带他，你说什么就是什么。"

第二十四节

陈震东一进家门，胡虹一把鼻涕一把泪地向他哭诉："皇天，我活不下去了。"

陈震东说："有什么话你好好说。"

胡虹说："我差点被你爸掐死了。"

陈震东说："我爸不是喜欢咬你手臂吗？"

胡虹说："你爸这次不咬我手臂了，他掐我脖子，两手死死地掐住我脖子，我差一点就断气了。"

胡虹仰起脖子让陈震东看。

陈震东说："我爸为什么掐你脖子？"

胡虹说："你爸说他不掐死我就会被我掐死。"

陈震东知道陈文化掐不死胡虹，陈文化身上的力气越来越小，牙齿也没力气了，一口咬下去，只留下一排浅浅的齿痕，有时连筷子也拿不住，他掐胡虹估计是做做样子。陈震东说："你给他吃药了没有？"

"他今天不吃药，说我要毒死他。"胡虹哭着说，"陈震东你看看我的脖子，是不是快被你爸掐断了？我迟早会被你爸掐死。皇天，这样的日子叫我怎么活？"

陈震东看了看胡虹的脖子，果然有手指的痕迹，有点红。陈震东再看陈文化，陈文化双手交叉叠在腋下，脖子缩得很短，身体深陷进藤椅里，眼睛直直地看着前方。

陈震东拿了药丸，走到陈文化身边，蹲下来，对着他的耳朵大声说："爸，吃药了。"

陈文化没有反应。

陈震东说："吃了药就轻松了。"

陈文化伸手抓了药，捏在手里，趁陈震东没注意，将药倒进上衣口袋。

陈震东注意到了，也不点破，重新拿了药，又对着他耳朵说："爸，吃药了。"

陈文化突然将右手的食指竖起来，放在嘴唇上，嘴里发出"嘘"的声音，又歪着耳朵，好像在凝听远处传来的声音。

陈震东不知道他要干什么。

陈文化突然抓住陈震东的手臂，陈震东以为他又要咬人。但陈文化这次没有咬人，而是将陈震东的身体拉到身边，在陈震东耳朵边悄悄地问："你听到没有？"

陈震东也歪着耳朵听了一下，摇了摇头说："没。"

陈文化说："你听，是一个队伍的脚步声。"

陈震东还是什么也没听见。

陈文化说："最少有十二个人。"

还没等陈震东开口，陈文化接着说："他们是来抓我们的，快跑。"

说完之后，陈文化抓着陈震东的手臂就跑，陈震东不知道陈文化突然从哪里来的力气，竟被他拽着跑了起来。

陈文化拽着陈震东，从一楼的客厅跑到餐厅，从餐厅跑到厨房，又从厨房跑上二楼，从二楼的卧室跑到陈震东原来睡觉的房间，再从二楼下来，跑回客厅，气喘吁吁地躲在餐厅的桌子下面。

陈震东刚要开口，陈文化对他嘘了一声，压着喉咙说："别出声，被抓住我们就完蛋了。"

陈文化这么说时，用食指和拇指做成手枪形状，顶住陈震东后背心。陈震东心里一寒。

胡虹这时拍着大腿哭起来："皇天，我的命为什么这么苦，家里出了一个老疯子，现在又多了一个小疯子，这以后的日子叫我怎么过？我的命真是比黄连还苦三分。"

陈震东拉着陈文化从桌下钻出来，对胡虹说："你别鬼哭狼嚎，我和我爸玩捉迷藏呢。"

第二十五节

王万迁到达南水头检查站是夜里十二点，他给内线发了一条信息，内线很快回了666。过了检查站，王万迁让司机把车停在路边，一刻钟后，一个人来到车边，王万迁跟他点了点头，将红包塞进对方手里，跳回车上后，客车号叫着朝信河街奔来。

大概奔出五公里，前方出现几个反光锥，将公路拦了一半，几个穿着灰色制服的人站在反光锥后面，看见王万迁的客车，远远举起手中的牌子，上面写着"停车检查"。

王万迁心里一烫，知道遇到突击检查了，他脑子里突然冒出一群嗡嗡乱叫的蚊子。

司机踩了刹车，客车缓慢地在反光锥前停下来。

王万迁觉得脑子里那群蚊子安静了，它们停下来吸血，像抽水机一样抽他身体里的血，让他口干。

检查人员让司机开车门，司机看看王万迁，王万迁点点头。

车门开了，检查人员上来，拿着手电筒在车里照了照，用脚踢了踢包裹，问王万迁说："什么东西？"

王万迁咽了一下口水，走近那个检查员，他双手插在裤兜里，左手是香烟，右手是红包，说："是包裹。"

"他妈的，我知道是包裹，我问的是包裹里装着什么东西？"

王万迁把左手伸出来，递给检查员，说："包裹里装着还是包裹。"

检查员毫不犹豫伸手接了："你打开让我看看。"

王万迁把右手也递过去，说："几个包裹，没什么好看的。"

检查员也伸手接了，将手电光照射到王万迁脸上："他妈的，叫你打开就打开，啰唆什么？"

王万迁把身上所有的钱都摸出来，递过去说："我跑一趟不容易，你就当什么也没看见。"

检查员把钱塞进口袋里，说："他妈的，是不是要我动手？"

王万迁一把抱住那个检查员的身体，腿一软，跪了下去："求你放过我这一回吧，我以后再也不做这种生意了。"

检查员一脚踢开王万迁，对路面喊了一声，几个检查员跳上客车，用剪刀剪开了包裹。

王万迁坐在一个剪开的包裹上，脑子里那群蚊子吃饱了，飞走了。他这时的心情倒是出奇的平静。

王万迁看着检查员剪开一个又一个包裹，开始后悔起来，真不应该将香烟和红包塞给检查员啊。他为刚才的行为脸红，心里说："王万迁，你太丢人了，你怎么能给那个王八蛋跪下呢？你的骨头怎么就那么软呢？你把你老母的脸都丢尽了，你看看，你以后还怎么做人？"

有了这个认识后，王万迁就从客车上下来，挥舞了几下手臂，踢了几下腿，做了两个深呼吸。马上有两个人过来把他按在地上，王万迁没有做任何抵抗，也没有任何不适，好像客车里的货物与他无关。

天亮以后，王万迁打了一个电话："陈震东，我完蛋了。我现在被关在南水头收容审查站。"

陈震东："他妈的，怎么会这样？"

王万迁说："我将身上最后一包箭牌香烟和一个红包贡献给看守人员，才得到给你打电话的机会。我凌晨一点就想给你打这个电话，可我像憋尿一样憋着，有些问题我还没想清楚，不知道怎么跟你说好。现在天亮了，我把问题想清楚了。我必须向你坦白，当初看见你辞职开多美丽服装店，除了为你高兴，我是有嫉妒的，你他妈的比我跑到前头去了，我被你比下去了。"

"王万迁，我们不说这些，我们现在不说这些。"

"陈震东，你让我说，说了我心里就舒服了。"王万迁接着说，"你知道吗，我更多的是焦虑，一天二十四小时都在焦虑，做梦都在跟你掰手腕，怎么能被你比下去呢？可我知道，我的准备不充分，启动资金是一方面，单位辞职是一方面，更重要的是还没想好做什么生意。这一拖就是一年，一年啊陈震东，眼看着你在前头越跑越远，远到看不见背影，我每天吃不好睡不好，每天都在掐自己大腿啊。这一年我都在想，怎么才能赶上并超过你。我知道，跟你走同样的路肯定是超不过你了，必须走一条跟你不一样的路。我最后选择到石狮贩卖布匹，我知道这是违法的，被打私办抓住是要坐牢的。"

"没事的兄弟，我们不想这破事了，就当做生意亏了一回。"

王万迁说："我知道你不支持我做这种生意，但你没有反对，我们是兄弟，你能理解我当时的心情。你后来也多次劝我见好就收，这种生意不长久。我知道这种生意像吹气球，总有一天会破裂。可是，陈震东你知道吗，我他妈的骑虎难下了。不对，我就是老虎，是一只贪婪的大老虎。我停不下来了。这一做就是四年啊，这四年怎么过来的只有我知道，我外面有多风光，内心就有多慌张。我知道，迟早有一天，我这只老虎会掉进猎人挖的坑里。"

"王万迁，你要是认我这个兄弟，这时就要多往好的方面想，风头霉头两隔壁，过了这个霉头就是你的风头。"

"陈震东，你说得对。"王万迁说，"刚被查住时，我连死的心都有了，但很快就想明白了，像卸下了套在脖子上的枷锁，顿时轻松了。我解脱了。我给你打这个电话是想告诉你，我没事，你放心。过去都已过去，未来还没有来。好了陈震东，不能再说了，看守给我的时间到了，我得挂电话了。再见了我的朋友。"

王万迁听见电话那头的陈震东喂喂喂，他看见看守进来，果断放下电话。

王万迁在收容审查站关了三个月。法院开庭那天，他看见旁听席上坐着陈震东、许琼和刘发展，王万迁对他们笑了笑。

法院因为投机倒把罪判了他三年，问他要不要上诉，他说不上诉。离开法庭时，王万迁回头对陈震东他们挥挥手，想跟他们打声招呼，法警直接把他押上车了。

王万迁在十里亭监狱服刑。

得知王万迁关在十里亭后，陈震东、刘发展和许琼碰了一个头，商量怎么帮一帮王万迁。刘发展想起了伍大卫，他在黑道上名气大，这方面的朋友肯定多。刘发展去找伍大卫，伍大卫说他有一个盟兄弟在里面当队长，只要他打一个招呼，保证没人敢动王万迁一根汗毛。

陈震东开车载着刘发展和许琼去探监。陈震东带了几条他喜欢的箭牌香烟，刘发展带了几袋信河街酱鸭舌，许琼赶时间给他做了两件衣服。整个探视过程，王万迁只是对他们三个人微笑。好像什么事情也没发生。

会见结束时，许琼突然说："王万迁，你给我听好了，等你出来，我就嫁给你。"

第二十六节

李美丽天没亮去上班，刘发展也天没亮去上班。李美丽说："我跟公交车早起是没办法，刘发展你凑什么热闹？"

刘发展说："你起来了，我一个人睡有什么意思？"

李美丽说："你这么早去中介所有生意吗？"

刘发展说："我在家里是思考人生，去中介所也是思考人生。"

刘发展那天走到中介所，发现门口放着一只篮子。刘发展心想，狗生的，谁这么粗心，把这么大的篮子落在这里？他四下看看，没见到人影。刘发展便把中介所的门打开，开了灯，再把篮子拎进去。他把篮子放在办公桌上，发现篮子里有一个包裹，他用鼻子嗅了嗅，有股奶香。包裹有一个洞，刘发展靠近看了看，吓了一跳，里面有双眼睛看着他。他把包裹打开，里面居然是一个婴儿。婴儿边上有一个奶瓶，奶瓶里泡满牛奶。刘发展摸了一下，牛奶还是温的，可见婴儿送过来没多久。刘发展赶紧跑到门口张望，没发现可疑的人。刘发展再走回来，发现篮子里还有两张纸，一红一白，红纸上是生辰八字，白纸上说，这是个女孩，身体健康，智力正常，送给有缘人抚养。

刘发展再仔细看看篮子里的婴儿，觉得这张脸在哪里见过。

刘发展和李美丽结婚后，李美丽肚子一直没动静。刘发展问李美丽："你是不是有什么问题？"

李美丽说："狗生的刘发展，你看我像个有问题的女人吗？"

刘发展说："既然没问题，为什么总孵不出蛋来呢？"

李美丽说："孵不出蛋来肯定是你的原因。"

他们去医院做了检查，医师说："科学技术没查出你们有什么问题。"他们说，没问题为什么生不出孩子呢？医师说："那肯定是你们自身原因。"他们说，自身有什么原因呢？医师很不客气地说："你们自身什么原因我怎么知道，或者紧张，或者疲劳，或者你们在床上体位不对。"

回家的路上，李美丽问刘发展："我们紧张了吗？"

刘发展说："你紧张个鬼，在床上叫得像防空警报。"

李美丽问："我疲劳了吗？"

刘发展："你每天精神饱满，体力充沛，可以单手推着公交车走。"

李美丽说："那就是体位问题了。"

那以后，他们变换着体位做了一段时间，李美丽的肚子还是没动静，李美丽叹了一口气说："刘发展，我的问题都解决了，剩下的肯定都是你的问题。"

刘发展本来对有没有孩子不着急，被李美丽这么一说，倒真想生个孩子证明自己的清白。不过，刘发展没跟任何人透露过这个心思，只是跟李美丽两人间说说而已。李美丽倒是跟他提起过："刘发展，实在不行，我们领养一个。"

刘发展说："领养毕竟不如亲生。"

李美丽说："养久了就亲起来了。"

他们也只是说说，并没有实际行动，没想到门口突然冒出一个婴儿。

刘发展赶紧打电话："李美丽，摊上大事了，我早上捡到一个女婴。"

"刘发展，你想孩子想疯了吧？"

"婴儿就在我办公桌上，不信你来看看。"

李美丽过来一看，篮子里果然躺着一个胖嘟嘟的女婴。李美丽看看女婴，又看看刘发展，指着篮子里的女婴说："刘发展，我怎么越看越像你呢？"

刘发展把头伸过来说:"是吗?"

李美丽一巴掌将他脑袋拨开说:"刘发展,你老实交代,这孩子是不是你在外面跟哪个野女人偷生的?"

刘发展愣了一下,接着笑起来:"是的是的,是我在外面跟野女人偷生的,李美丽,老子做任何事都瞒不过你。"

"你承认那就不是了。"李美丽也笑起来,"既然不是你在外面偷生的,是什么人把孩子放在门口的呢?是故意放的还是随意放的?"

刘发展说:"不管是谁放的,也不管是故意还是随意,我关心的是你想不想收养这个孩子,你想要,我们就收下,你不想要,我马上送儿童福利院。"

李美丽说:"收养这孩子没关系,如果我们又生一个怎么办?"

刘发展说:"这倒是个问题。"

李美丽又看了看篮子里的婴儿说:"他妈的,不是还没生吗,我对这孩子越看越喜欢,先收养了再说。"

刘发展点点头说:"恭喜你李美丽,从现在起,你正式当妈了。"

李美丽也说:"我也恭喜你,从现在起,你正式当爸了。"

第二十七节

陈震东的儿子叫陈宇宙。这个名字是柯无涯起的，他说陈震东最多威震东方，陈宇宙就厉害了，他一跺脚，地球抖三抖。

陈宇宙五岁还不会说话。看遍信河街医院，没查出问题来。杭州和上海的医院也没查出问题根源。柯又绿经常夜里抱着被子哭，烧香拜佛许愿都做了，也没起效。有一天，柯又绿突然哎呀一声惊叫起来："是不是陈宇宙这个名字太大了，叫陈蚂蚁说不定早能说话了。"

陈震东说："你神经病呀，你叫陈蚂蚁试试，看他会不会答应。"

柯又绿叫了几声陈蚂蚁，儿子没反应。柯又绿抹着眼泪说："完蛋了陈震东，我们生了一个哑巴。"

陈震东喊了一声陈宇宙，儿子马上转头看着他。陈震东对柯又绿说："你哭个鬼呀，你看看，儿子能听见我的喊声，怎么可能是哑巴。"

柯又绿说："不是哑巴为什么五岁还不会说话？"

陈震东说："可能我们的话太多了，把他的话都说完了。"

柯又绿说："你的意思是我们以后少说话？"

陈震东说："我做生意怎么可能少说话。"

柯又绿说："我也不能不说话呀，不说话我的嘴巴会生锈，喉咙会发霉，肠子会烂掉，不说话做人还有什么意思呢？"

柯又绿想去帮陈震东做事，陈宇宙这种情况她怎么走得开呢？一想到这一点，柯又绿就哇哇哇哭起来，柯又绿一边哭一边对陈宇宙说："陈宇宙啊，你为什么要用这样的方式折磨我呢？我知道我前世肯定做过对不起你的事，今世来补偿罪过。可是，陈宇宙你要记住，我是你妈，十月怀胎，阵痛分娩，奶水喂养，该付出的我都付出了，你从我身体里出来，又依靠我的身体长大，如果我前世有什么对不住你的地方，也算还清了。"

换了一口气，柯又绿接着说："你这个傻孩子，如果你还有什么冤仇，应该找陈震东报，对于你，陈震东只负责把种子撒进我身体，没做过其他贡献。所以，有什么事你以后找陈震东算账，你跟他唱对台戏，跟他唱反调，拆他的台，坏他的事，让他不得安心，让他吃不好睡不好。你要记住，陈震东是个坏人，你应该去惩治坏人，不要欺负你妈这样的老实人。"

陈宇宙冷静地看着柯又绿，伸手摸摸柯又绿的脸。柯又绿一把抱住陈宇宙说："宝贝，你听懂妈妈的话了吧？听懂你就对妈妈说一句话，无论什么话都行。"

陈宇宙挣扎着离开柯又绿的怀抱，坐到一边的地板上，低着头，安静得像一个树桩。

柯又绿多么羡慕别人家孩子的哭闹声啊，她听见那种声音就会哭。她一哭，陈震东就说："柯铜锣你都是当妈的人了，你以为自己还是流鼻涕的小姑娘吗？"

柯又绿说："我一听见这声音就想起哑巴陈宇宙。"

陈震东说："我跟你说过他不是哑巴，他只是故意不说话。"

柯又绿说："陈震东，你整天说儿子不是哑巴，你让他说句话给我听听。"

陈震东说："他大概跟你无话可说。"

柯又绿说："跟你说一句也行。"

陈震东摇摇头说："跟我可能也无话可说。"

柯又绿一听又哭起来。陈震东说："柯铜锣，你又哭哪个鬼？"

柯又绿说："照你这么说，陈宇宙要等我们死后才开口说话咯。"

陈宇宙七岁了，还不会说话。柯又绿绝望了，她走到他身边说："陈宇宙，你到底要我怎么样呢？我以前叫你找陈震东报仇，那是气话，其实陈震东这个人还是不错的，他虽然用诈骗的手段把我娶到手，平时总是很凶地叫我绰号，但他本质上是个好人，从来没动过我一个手指头。你有这样一个爸爸，应该很自豪。"

柯又绿摸着陈宇宙的脑袋瓜说："你如果真要找人报仇的话就找我吧，我是个很没用的人，生意上帮不了你爸什么忙，不能为他找店面、谈合作，更不能为他公司的发展出谋划策，能做的只是给他生个儿子，可是儿子你到现在还不肯开口说话，叫我在你爸面前抬不起头来。"

柯又绿蹲下来，看着他说："这样吧陈宇宙，我们今天商量个事，你开出任何条件，我都答应，你让我以后变成哑巴也行，你让我成为瘸子也可以，你让我少活十岁我就少活十岁，你让我马上就死我也照办，条件是你开口说一句话。"

柯又绿说完看着陈宇宙，陈宇宙抬头看着天花板。柯又绿问他："陈宇宙，你听见我刚才的话了吗？"

陈宇宙还是抬头看着天花板。

柯又绿一见他这样子又哭了，柯又绿说："你还不愿意开口说话，我就当你默许了。好吧，陈宇宙，你既然跟我无话可说，我活着有什么意思呢？还不如死了算了。你好好照顾自己吧，我走了。"

柯又绿一路哭着回到娘家，对着柯无涯大哭。等她哭完了，柯无涯伸手掴了她一巴掌。柯又绿吃惊地看着柯无涯说："爸，你打我？"

柯无涯说："我以前有没有打过你？"

柯又绿说："从我懂事以来，你没动过我一个指头。"

柯无涯说："知道我这次为什么打你吗？"

柯又绿摇摇头。

柯无涯也掴了自己一巴掌，叹了口气说："我柯无涯怎么就生出你这个糊涂女儿呢？你不想想看，正常的孩子都是有说有笑，为什么陈宇宙不说不笑呢？"

柯又绿说："因为他是哑巴。"

柯无涯说："错，陈宇宙不痴不傻，不说话正是他和其他孩子最大的区别，你说其他孩子会说话好不好呢？当然好，但是，孩子在说话的同时也把身上的能量消耗掉，自我世界遭到破坏，慢慢沦为普通人。"

柯又绿说："你说陈宇宙不是普通人？"

柯无涯说："到目前为止，陈宇宙还完好地保留着他的自我世界，他在自我世界里生活的时间越长，储存的能量也越大，以后就能够做出更大的事情来。陈宇宙将来会是一个了不得的人物，将相王侯也未可知。"

柯又绿说："我不要什么将相王侯，我只要一个生活正常的儿子。"

柯无涯笑着说："你生了一个非凡的儿子，由不得你了。"

被柯无涯这么一说后，柯又绿的心情有些好起来。

柯又绿回到家，发现陈宇宙不见了。他们住的是套房，柯又绿找遍所有房间，没有陈宇宙的影子。柯又绿打电话给陈震东，陈震东说："他妈的柯铜锣，你说什么呢？让你在家看陈宇宙，你居然问我有没有看见陈宇宙。"

柯又绿说："陈宇宙不见了。"

陈震东听出柯又绿的哭声，马上说："柯又绿你别紧张，把家里柜子的门打开找找看，陈宇宙有时会躲进柜子里。"

柯又绿赶紧把家里所有柜子打开，连抽水马桶的盖子也打开。她马上又给陈震东打电话："都没有。"

陈震东说："你别慌，楼上楼下都找找，我马上赶回来。"

柯又绿找了楼上，又找了楼下，还是没有。天上突然乌云滚滚，雷电交加。柯又绿跑到马路上，心想，看来上天要惩罚我这个不负责任的妈妈，让雷公劈死我。

陈震东赶回来后。他们又回了一趟家，把柯又绿刚才找过的地方重新找了一遍。陈震东猛地想起来，问柯又绿说："柯无涯平时最疼他，陈宇宙会不会一个人去他家呢？"

雨下起来了，每一颗都像蚕豆那么大。陈震东开车载着柯又绿到柯无涯家，柯无涯很淡定，挥挥手说："没事的，陈宇宙说不定现在已经回家了。"

陈震东和柯又绿又开车到胡虹家。胡虹听了之后一拍大腿，叫起了皇天。胡虹一哭，柯又绿又跟着哭起来。陈震东知道自己来错地方了，拉着柯又绿赶紧离开。胡虹要跟出来找。陈震东说："你还是在家看着我爸，不要找到小的丢掉老的。"

回到家里，还是没有见到陈宇宙。闪电像要把天空撕裂，雷声就在头顶炸开，雨越下越大，像瀑布一样倒下来。路面很快被水淹没。柯又绿一边哭一边在路上找，嘴里喊着陈宇宙。陈震东拦腰把她抱回家："柯又绿，这样的天气你在外面找，不是找死吗？"

"陈震东你让我死吧，陈宇宙死了，我也不活了。"

"柯铜锣，你怎么知道陈宇宙已经死了？"

"陈震东，我对不起你，我没有看好陈宇宙。"

"我没有怪你。"

"陈震东，你把陈宇宙找回来吧，我再也不管他是不是哑巴了。"

陈震东说："放心，陈宇宙会回来的。"

柯又绿说："我愿意一直陪着他，当他一辈子嘴巴。"

陈震东没有回答柯又绿，他在想，陈宇宙会去哪里呢？从出生到现在，虽然不知道他脑子在想些什么，在行动上他一直是个听话的孩子，画一个圈，他可以在圈内坐一整天。除了不说话，陈宇宙是个让人放心的孩子。

停了一下，柯又绿又哇哇哇哭起来："完了完了，陈宇宙这次真完了。"

陈震东说："柯铜锣，你哪根筋又抽起来了？"

柯又绿说："陈震东，赶快开车去追，再不追就来不及了。我早几天听隔壁的人说，最近信河街出现专门抓小孩的广东客，他们专抓六七岁的小孩，把小孩迷晕后，运到广东取出他们的器官卖钱。陈宇宙一定是被广东客抓走了，我们快去追。"

陈震东说："公安局不是出面辟谣了嘛，电视上也播了。"

柯又绿说："陈震东，亏你做了这么多年生意，你不想想看，公安局为什么要出面辟谣？如果不心虚他们辟什么谣？如果不是确有其事，他们辟什么谣？电视上说的事全是假的，要反着来看，他们说没有，肯定就是有。我们快去追吧，再不追广东客就出城了。"

陈震东知道柯又绿已经胡思乱想，他这时心里最担心的是陈宇宙是不是掉河里淹死了，这么大的雨，到处是水。他想去附近河边找找，可他又不能把这个担心跟柯又绿说，一说她肯定扑通一声跳进河里。

柯又绿还在哇哇哇地哭，外面的雨越下越大，整个世界只剩下哗哗哗的雨声。

陈震东的手机叫了起来，是多美丽服装店打来的，店里的经理说，陈宇宙一个人走到店里，浑身湿透。

　　陈震东和柯又绿赶到多美丽服装店，经理已经给陈宇宙换上干衣服，一件衬衣把他身体包住。柯又绿一把抱住陈宇宙，哭着说："陈宇宙，哇哇哇，你去哪里了宝贝，哇哇哇，妈妈以为再也见不到你了，哇哇哇，妈妈以为你不要妈妈了，哇哇哇，妈妈以后再也不离开你了宝贝。哇哇哇。"

　　陈宇宙瞪着眼睛，冷静地打量着服装店。

　　回到家后，陈宇宙当天晚上开始发高烧，送到信河街人民医院一查，体温升到四十摄氏度。医师给他打了一针，体温降到了三十七摄氏度，第二天上午又升到四十摄氏度。反反复复七天，陈宇宙没吃一粒饭。每天昏睡不醒，眼睛一天比一天凹陷下去，脸色乌青，嘴唇泛白。柯又绿连着哭了七天，嗓子全哑，只能发出呜呜呜的声音："呜呜—陈震东—呜呜—陈宇宙—呜呜—这次—看来—呜呜—死定—了—呜呜。"

　　陈震东说："柯铜锣，你整天哇哇乱叫，好好的人都快被你叫死了。"

　　骂完后，柯又绿安静了下来。陈震东又觉得家里太安静了，让他心里发慌。他每天一早送陈宇宙去医院，针一打，烧就退，一到中午，体温又升上来。医师也拿他没办法。

　　到了第八天，陈宇宙的眼睛终于睁开了。他看看陈震东，咧嘴笑了笑，又看看柯又绿，也咧嘴笑了笑，嘴唇嚅动，说："妈—，你—要—渴—死—我—吗？"

柯又绿一把抱起陈宇宙，对陈震东说："呜呜—说话了—陈宇宙—呜呜—说话了—呜呜。"

陈震东说："他妈的柯铜锣，你儿子要喝水。"

陈宇宙用生硬的舌头，一字一顿地说："他—妈—的—陈—震—东，你—去—端———下—水—会—死—吗？"

柯又绿一听，大笑起来："呜呜—陈震东—呜呜—你的—呜呜—对头—来了—呜呜。"

第二十八节

许琼第一次申请去探监没有批准。监狱问她是王万迁什么人，许琼说是未婚妻。监狱说没有领结婚证不算亲属，不能探监。许琼后来通过刘发展找了队长，送了五条中华烟，才同意她以家属身份探监。

王万迁出事后，许琼感觉到他的心理变化。以前王万迁见到她或者来裁缝店，虽然是小心翼翼，但他内心自信，眼神笃定。出事后，他一直把脖子缩起来，眼睛向下看，不肯与人对视。

在许琼眼里有两个王万迁。一个是胸怀巨大抱负的王万迁。他目标明确，内心疯狂，为了这个目标可以做出任何激烈的行为。就像他去石狮走私布匹。这是一个充满危险和不安全感的王万迁，是一个浑身滚烫的王万迁。另一个是阴冷的王万迁。他自信又自卑，想表现又刻意隐瞒。内心设置很高的目标，却又不能脚踏实地一步一个脚印去实现。

许琼希望王万迁能看开一些，做生意嘛，有成功有失败，大不了从头再来。她认定了王万迁，就会跟他站在一起，无论是失败还是成功。

许琼第二次去探望王万迁，王万迁的气色很不好，整个会面过程他眼睛没看许琼，许琼问他话，他只是"嗯嗯"两声。规定的时间没到，他就站起来，说自己要去练健美。

许琼第六次去探望王万迁，王万迁的身体起了明显变化，脸颊刀削一样瘦下来。许琼告诉他，她办了一家名字叫凤尾鱼的服装公司，王万迁出来后，这家公司由他负责。

许琼第十二次去探望王万迁，王万迁依然没对她开口说话，连眼睛也没看她。王万迁甚至没等许琼把话说完，就站起来走掉了。

许琼离开十里亭监狱时，发誓再也不来了。许琼在心里骂道："王万迁你这个王八蛋，你是坐牢，又不是中状元，有什么了不起？我凭什么一趟趟跑来求你？好吧，你既然看不上我，我也不欠你什么，咱们各走各的。"

过了一个月。许琼心里想，妈的个卵，不对呀许琼，你聪明一世糊涂一时，王万迁这点小伎俩你难道看不透吗？这个王八蛋在跟你装疯卖傻呢，他为什么这么做？因为他现在自卑透了，觉得配不上你，想见你又怕见你，所以他要装深沉，让你主动离开。你许琼是一个说离开就离开的人吗？王万迁越是想你离开，你应该跟他贴得越紧，是不是？

想通之后，许琼又去十里亭了，她看见王万迁，笑着说："王万迁，我又来了，你这辈子休想离开我。"

第二十九节

霍军知道王万迁出事后，绝了去石狮贩布的念头。

有一天，他请社会上的朋友在卖麻桥丁香酒楼喝酒，喝完酒后，他们去推牌九，一个晚上，霍军输了三万。第二天晚上霍军想翻本，结果又输了三万。输红了眼的霍军，第三个晚上从赌场出来时已经身无分文。

在床上躺了一天一夜后，霍军又去红星打火机厂找胡长清。他进了胡长清的办公室，在胡长清对面的椅子上坐下，跷起二郎腿说："胡长清，我昨天晚上梦见我爸了。"

胡长清看着霍军没有开口。

霍军说："我爸穿着破破烂烂的衣服，脸上没有血色，他说他在阴间没住、没吃、没穿，你知道他脚不方便，出门想打个出租车也没钱。"

胡长清开口说："我也梦见你爸了，你爸被你揍得满脸是血。"

霍军说："我爸的酒虫爬出来了，叫我给他做个法事，他才有钱在那头买酒喝。"

胡长清说："你爸说坟头长满了杂草，没人去给他烧一炷香。"

霍军说："我爸叫你给我钱，我好给他做法事。"

胡长清说："你爸吩咐我了，以后别给你钱。"

霍军把二郎腿放下来，站起来转身往外面走："我爸做鬼还是老糊涂，不知道关心儿子，老子马上拿锄头把他的坟墓扒开，晒一晒那几根老骨头。"

胡长清叫住霍军，问他做法事需要多少钱？霍军伸出三根手指说，最少也要三万吧。胡长清打电话让财务送两万过来。

霍军拿到钱后，直接去了赌场，他一定要把输掉的钱赢回来。

半个月后，霍军又去了一趟红星打火机厂，胡长清出差在上海，他在财务室给胡长清打电话："我爸昨天晚上又给我托梦了，他说坟头上杂草丛生，弄得他头痛欲裂，让我给他修缮一下坟墓。"

胡长清叫财务给他两万元。

一年以后，霍军突然明白一个道理，打赌都是要输的。他这一年来赌桌上上下下，有输有赢，总体算起来还是输。他的朋友也是，没有一个因为打赌富裕起来。那么，他和朋友的钱都被谁赢去了呢？很显然，所有的钱最后都流向开赌场的人，开赌场的人做的是抽头薪生意，每场抽赢家百分之五利头，只进不出，时间一久，所有的钱都归入他的口袋。

想明白这个道理后，霍军决定开一个赌场，信河街的土话叫"办窟儿"，霍军很快在卖麻桥丁香酒楼隔壁租了一个小院子，他社会上朋友多，一听他要开赌场，纷纷前来投靠。

胡长清听到消息，跑到卖麻桥对霍军说，"办窟儿"就是招赌，是害人家破人亡的勾当，人只要走上这条路，名声就臭了。霍军冷笑了一声，说胡长清不配跟他说名声。胡长清愣了半天，求饶似的对霍军说，如果需要钱，他可以给。霍军用鼻孔"哼"了一声，叫他不用开空头支票，如果需要钱，他自然会去拿。

赌场开业那天，霍军在丁香酒楼摆了十桌酒，把信河街有名的赌徒都请来。霍军穿上多美丽服装店买来的西装，一桌一桌敬酒。吃完酒后，一伙人移师赌场开战。

第三十节

多美丽服装店升级为连锁公司，陈震东在西角开了一家专做贴牌的多美丽服装公司，再加上多美丽化妆品公司，组成一个集团公司。陈震东自封董事长兼总经理，封计化龙为副总经理。陈宇宙上小学后，柯又绿想回集团公司上班。柯又绿对陈震东说："董事长，我为你生了儿子，现在愿意全心全意为公司做事，你怎么也得封我一官半职，起码跟计化龙平起平坐。"

陈震东说:"柯又绿,你提起那个娘娘腔我就生气,我越来越怀疑你们的关系,你们真的没有上过床?"

柯又绿说:"陈震东,你还是不是人?儿子都这么大了还提这事,你觉得有意思吗?"

陈震东说:"这不是有意思没意思的问题,而是你到底有没有和娘娘腔睡过觉的问题。这个问题跟声誉有关,跟做男人的尊严有关。"

柯又绿说:"计化龙威胁到你做男人的尊严了?"

陈震东说:"娘娘腔身上有种魔力,只要一个眼神、一个手势,或者一句话,女人乖乖听他的话,上到八十岁,下到十八岁,所有女人被他弄得团团转。他手下全是女人,他的客户也是女人,女人看见他就着迷,而他有办法搞定一个又一个女人,死心塌地为他做事。你说说看,这样一个妖怪,你跟他订过婚,居然没拉过手,鬼才会相信。"

柯又绿说:"既然你不相信计化龙,为什么让他当副总经理?"

陈震东说:"这是两码事,我不相信娘娘腔和你的关系,是感情生活的事情,你一口咬定和他没拉过手,我现在也找不出有力的证据反驳,但我不相信你们的关系是你说得那么清白。"

换了口气,陈震东接着说:"我让娘娘腔当副总经理,是生意场上的事,他化妆品生意做得好,我就要提拔重用,我要做给公司其他工友看,喏,做得好就有前途。另外是安抚娘娘腔,他有做生意的本事,现在缺少的只是资金,等有了足够的资金,他完全可以另立山头,我让他当副总经理就是让他有当老板的感觉，让他觉得我对他好。"

柯又绿说："陈震东，我跟你生活了这么多年，天天睡一张床，今天才知道你内心这么黑暗，既然你不相信我和计化龙的关系是清白的，为什么还要娶我？"

陈震东说："我说的都是事实。"

柯又绿说："既然你说到事实，我也说一个事实，我看你跟许琼的关系也是不明不白，你们到底上过床没有？"

陈震东说："柯又绿，你脑子进水了吧？怎么把我跟许琼牵扯在一起？"

柯又绿说："我不是平白无故说空话，你想想看，我们婚宴上许琼为什么喝那么多酒？喝醉后为什么大声叫喊你的名字，谁都看出来你们的关系不一般。"

陈震东说："我们是结拜兄弟。"

柯又绿说："刘发展也是结拜兄弟，刘发展为什么没有喝醉酒后大声叫喊你的名字？"

陈震东说："他妈的柯铜锣，你怎么能怀疑我和许琼的关系？"

柯又绿说："你能怀疑我和计化龙的关系，我为什么不能怀疑你和许琼的关系？"

陈震东说："柯铜锣，你越讲越有味道，是不是想造反？"

柯又绿说："谁怕谁呀？"

陈震东说："行，柯铜锣，你在家里自封副总经理吧。"

柯又绿说:"陈震东,你的好日子到头了,以后再也别想老子给你做江蟹和对虾。"

第三十一节

刘发展给捡到的女婴起名刘篮生。篮生跟李美丽不亲,李美丽一抱,她就哇哇哭,用手抓,用脚蹬,还尿李美丽。李美丽很生气,说:"刘发展,你是怎么教孩子的,一点不懂礼貌。"

带孩子的任务主要落到刘发展头上,刘发展工作比较有弹性,来了业务,他把篮生放进婴儿车。篮生躺在婴儿车里,嘟着小嘴,看着刘发展,她那眼神好像在说,刘发展,加油哦。篮生如果饿了,也不哭,对着刘发展呷巴几下嘴巴,刘发展会把奶瓶塞她嘴里。如果没客人,刘发展把篮生放在腿上,双手捧着她,远看看,近看看,越看越顺眼,越看心里越欢喜。篮生也是奇怪,一看见刘发展就盯着他看,看一会儿,咧嘴笑一下。刘发展觉得他跟篮生之间有一种说不明白的亲近,篮生是上天对他的一份奖励。让刘发展担心的是,他这辈子没做过什么好事,上天为什么要把一坨这么好的狗屎运砸在他头上。

篮生一周岁,已经会说几句简单的话,也能像小鸡一样在地上走动。她对李美丽更加不亲,一看见李美丽就躲到刘发展身后。李美丽很委屈:

"刘发展，我的人品有那么差吗？"

李美丽伸手硬把她从刘发展身后挖出来，篮生被李美丽抱在怀里不用手抓，不用脚蹬，也不尿了，温顺地看着李美丽。李美丽说："这才是我的乖篮生。"

篮生看了李美丽一会儿，冷静地说："你是坏人。"

李美丽说："刘发展，你看看，这小鬼居然说我是坏人，天下有我这么善良的坏人吗？"

篮生两岁时，什么话都能说，唯独不叫爸爸、妈妈。李美丽问她："我是谁？"

篮生看着她，说："你是李美丽。"

李美丽说："你这孩子怎么这么没教养，叫妈妈。"

篮生看着她说："你是坏人李美丽。"

刘发展说："算了算了，叫什么不是一样。"

李美丽说："刘发展，女儿都是被你惯坏的。"

篮生马上说："不关刘发展的事。"

李美丽说："哟嗬，我没跟你算账，你倒帮起刘发展来了。"

篮生马上叫喊起来："刘发展救命啊，坏人李美丽要吃人了。"

刘发展说："李美丽，你别吓唬孩子好不好？"

李美丽说："刘发展、刘篮生，你们联合起来欺负我。"

篮生三岁时，刘发展想送她上幼儿园，篮生说："刘发展，你不要我了吗？"

刘发展说："幼儿园有很多小朋友，以后篮生可以和小朋友玩。"

篮生说："我只想跟刘发展玩。"

刘发展说："篮生长大了，该读书了。"

篮生说："篮生只想跟着刘发展，刘发展可以教篮生读书，篮生会很乖的。"

刘发展一听，马上心软了，抱着篮生说："好好好，篮生一直跟着刘发展。"

篮生抱着刘发展的脖子，亲一下他额头说："篮生最爱刘发展了。"

李美丽看见他们父女这么肉麻，摇着头说："刘发展啊刘发展，自从有了刘篮生，你就完全堕落了。"

篮生悄悄问刘发展："堕落是什么意思？"

刘发展把嘴巴贴在她耳朵边说："很快乐的意思。"

篮生马上对李美丽喊："我也跟刘发展一样堕落。"

李美丽拿刘篮生和刘发展没办法。篮生晚上要跟刘发展睡觉，要刘发展抱着才肯睡。篮生睡着后，李美丽把篮生抱到她的小床上，因为篮生碍手碍脚，李美丽跟刘发展上床像做贼一样，几乎荒废了，更别说换体位。让李美丽没想到的是，当他们办完事，发现篮生又悄悄躺回到他们床上了。李美丽叹了一口气说："刘发展，我看这小鬼邪门得很，不如送儿童福利院算了。"

刘发展笑着说："李美丽，你害不害羞，居然吃一个孩子的醋。"

李美丽又叹了口气说："我后悔当初让你收养了她，现在她成了你的命。"

刘发展讨好说:"不是的李美丽,你和篮生都是我的命。"

李美丽说:"狗生的刘发展,你以为自己有两条命呀。"

刘发展又笑:"我的命只有一条,分一半给你,一半给篮生。"

李美丽说:"刘发展,自从有了篮生,我发现你就变得没脾气了,变得不思进取了,以前的刘发展哪里去了?那个要跟世界对着干的刘发展哪里去了?"

刘发展说:"有吗?有吗?老子依然是刘发展。"

话是这么说,刘发展心却虚了。李美丽说得对,自从有了篮生后,他发现自己的心软了,他看着篮生,会突然害怕起来,如果失去篮生怎么办?一想到这个问题,刘发展心口一阵绞痛。可是,以前的刘发展怕过什么呢?头掉了不过碗口大的疤,有什么好怕的呢?

篮生不愿去幼儿园,刘发展只好每天带她来中介所上班。中介所人来人往,刘发展每过一段时间就会叫一声:"篮生。"

篮生立即回答:"刘发展,我在呢。"

听到篮生的声音,刘发展才能安心工作。

那一天,刘发展去卫生间尿尿,一边尿一边叫:"篮生。"

篮生回答:"刘发展,我在呢。"

尿了一半,刘发展又叫:"篮生。"

篮生说:"刘发展,救命啊。"

刘发展说:"篮生,你跟谁说话呢?"

篮生说:"刘发展,你这里来了一个妖怪。"

"篮生别怕,刘发展来救你。"刘发展赶紧把尿刹住,潦草地甩两下鸡鸡,跑出卫生间。

一个女人低头看着篮生,篮生蹲在地上,抬头跟她对视。

刘发展叫了一声:"篮生。"

篮生转头看他,指着那个女人说:"刘发展,快来打妖怪。"

刘发展笑着说:"是个阿姨嘛,哪里有妖怪。"

女人抬头看刘发展,刘发展的脑袋像被人用木头敲了一下,哐的一声巨响。

女人笑了笑,说:"你好刘发展,我是黄丽君,还记得我这个老同学吗?"

刘发展回过神来了。他当然记得黄丽君,从小学开始,刘发展就暗恋黄丽君,到了初中,他每天晚上睡觉前都在心里叫黄丽君的名字。这是刘发展的秘密,他没告诉任何人,包括黄丽君。初中毕业后,黄丽君考上中专,成了吃皇粮的人。后来听说黄丽君毕业分配到人事局,当上了科长,后来又当上了副局长。在刘发展心里,从来没有和黄丽君交集的奢望,黄丽君仅仅是他的秘密,他准备将这个秘密带进棺材。所以,跟李美丽上床前,该交代的问题都交代了,唯独没提黄丽君。他和黄丽君没发生过任何故事,不存在对李美丽隐瞒。但是,有一件事刘发展隐瞒了李美丽,见到篮生的第一眼,刘发展就想到了黄丽君。现在,当黄丽君面对面站在眼前,刘发展紧张了,他将篮生紧紧抱在怀里，说："黄丽君，你来这里干什么？"

黄丽君笑了笑："我来看看老同学。"

刘发展说："你在天上，我在地下，你下凡来看我干什么？"

黄丽君眼睛盯着刘发展，慢慢地说："我知道你当年暗恋我。"

刘发展觉得眼眶和鼻翼突然一阵泛酸，喉咙发苦，他咬了咬牙，说："没有的事。"

黄丽君笑了一下，说："没有就没有，算我自作多情，你难道不请当年的老同学坐坐吗？"

刘发展说："你快走吧，我老婆的公交车马上就要经过这里，她喜欢吃醋，到时候我跳进瓯江也洗不清。"

黄丽君说："我早听说五路公交车的芳名，正想跟她交个朋友。"

刘发展说："李美丽性格粗鲁，开口就骂，动手就打，你还是赶快离开吧，李美丽动起手来我也拉不住。"

篮生插话说："李美丽是个坏人。"

黄丽君看着篮生说："李美丽有打你吗？"

篮生说："李美丽会打妖怪。"

刘发展说："你快走吧，我们是两个世界的人，我这里也不是你来的地方。"

黄丽君说："刘发展，我们是老同学，你为什么老赶我走？"

刘发展说："你走吧，就当没我这个同学。"

黄丽君低下头说："刘发展，你这样说我很伤心，我就是想来你这里坐一坐，喝一杯茶，你为什么要伤我的心呢？"

篮生说："刘发展，妖怪哭了。"

黄丽君用拇指擦了擦眼眶，对篮生说："我没哭，我在笑呢。"

篮生说："刘发展，妖怪没有笑。"

刘发展说："你走吧，以后也别来了，来我也不欢迎。"

黄丽君看看刘发展，又看看篮生，突然笑起来，说："刘发展，脚长在我腿上，今天既然走进你这扇门，以后就会经常来，你拦也拦不住。"

第三十二节

王万迁提前六个月出狱。

许琼将他接回姐妹裁缝店，他们一到，按照信河街风俗，许瑶马上点燃一串五百响鞭炮。鞭炮过后，许琼带着王万迁从裁缝店正门进去，后门出来，表示把以往的晦气放掉。然后，许琼下厨，给王万迁烧了一碗素面，煎两个大大的荷包蛋，寓意从此以后，大吉大利，利索做人。

王万迁在西角有一处房子，进十里亭后，刚好有人想租，许琼征得王万迁同意后，把房子租出去。知道王万迁提前出狱，许琼将她和许瑶住的房子重新装修了一下，共三个房间，主卧给她和王万迁，许瑶的房间小一点，还有一个书房，里面放一张沙发床，兼做客房。

那天晚上，许琼和王万迁进了房间，许琼见王万迁笑得怪异，问道："王万迁，你笑什么？"

　　王万迁不笑了，说："许琼，我现在不能跟你睡一张床。"

　　许琼愣了一下，脸上失了血色，高声说："王万迁，你这话是什么意思？"

　　王万迁摆摆手说："你先别急，听我慢慢说。"

　　许琼冷笑了一声，说："我在听着呢。"

　　王万迁说："三年前，我每天梦想着跟你睡在一张床上，我一趟又一趟奔波在石狮和信河街的路上，你是最大动力。"

　　许琼又冷笑了一声，说："你最大的动力是赚钱。"

　　王万迁说："我知道你会说我最大的动力是赚钱，可你想一想，我赚钱为什么呢？就是为了能跟你睡在一张床上。"

　　许琼不笑了，说："现在你这个愿望达到了。"

　　王万迁摇摇头说："现在情况不一样了，我成了穷光蛋，还成了一个有犯罪前科的人。我有什么资格跟你睡在一张床上？"

　　许琼说："我不在意。"

　　王万迁说："我知道你不在意，你用实际行动证明了这一点，我很感激你。但你想想看，如果我现在成了你丈夫，我会一辈子在你面前抬不起头，即使跟你睡在一张床上，也是个废人。"

　　许琼看着王万迁，没有说话。

　　王万迁说："我曾经想离开你，但我说不出离开你的话。我希望这话由你说出来，可你没有。"

王万迁看着许琼，许琼没有开口的意思，他继续说："你的态度越坚决，我的心肠越软，我告诉自己，王万迁，你如果是个男人，就不能让心爱的人伤心。"

王万迁看见许琼的嘴唇动了一下，没有发出声音，他接着说："我答应跟你回来，答应到你的服装公司上班，同时，我也希望你能给我一段时间，让我把服装公司做出成绩，让我像个男人一样跟你并肩站在一起，到时候，我会像一个真正的男人一样跟你睡在一张床上，你看这样行不行？"

说完后，王万迁看了看许琼，羞涩地低下脑袋。许琼走近来，抱住王万迁，嘴里念道："王万迁啊王万迁，你到底是个什么样的人？你为什么这样对我呢？"

第三十三节

霍军最近得了两种病，一种是脑子里晃来晃去全是丁香芹的影子，半天没看见丁香芹，见谁都想骂，碰到东西就想砸。另一种是无端痛恨伍大卫，一想到丁香芹每天晚上和伍大卫睡在一张床上，伍大卫像揉面团一样揉丁香芹的身体，霍军手脚发抖，上下牙齿打架，心里长出一把刀，越过信河街上空，射到伍大卫家，插进伍大卫心脏。可是，每次见到伍大卫，霍军又不恨他了。伍大卫是丁香芹的老公，是丁香芹最亲近的人，如果伍大卫有个三长两短，最伤心的人肯定是丁香芹，他怎么能让丁香芹伤心呢？

赌场和丁香酒楼虽然两隔壁，也不能保证每天能见到丁香芹，即使见到，也不一定能说上话。霍军就把丁香酒楼的二号包厢长期包下来，每天中午和晚上各一桌，酒菜现点，霍军轮流请他赌场的赌客和跟班喝酒。

丁香芹是经历过风浪的女人，知道霍军的心思。老实说，丁香芹很享受霍军看她的眼神，那是仰视和膜拜的眼神，这种眼神让她自信，让她觉得每天的生活更有盼头。她每天出门更加注意打扮，在镜子前照了又照。见到霍军，胸脯挺得更高，眼睛里流淌着微笑。

伍大卫嗅出危险气息，在床上更卖力，办完事后，他对丁香芹说："小心隔壁那个'办窟儿'的人。"

丁香芹问："你是说霍军？"

伍大卫说："那是个危险的货。"

丁香芹说："我知道霍军对我有好感，但没感觉到危险。"

伍大卫笑了一下："这么说，倒显得我伍大卫小气了。"

丁香芹说："你知道，我心里只有你一个人，你不喜欢，我以后不跟他来往就是了。"

伍大卫说："别，开酒楼哪有拒绝客人的道理，你只管客气对待，只要他有不轨行为，我马上灭了他。"

丁香芹抱着伍大卫高压锅一样粗的胳膊，密密点头："嗯，我听你的。"

霍军很快发现，在他面前，伍大卫做事明显比平时慢，像电影里的慢镜头。霍军在社会混迹多年，当然知道伍大卫的慢镜头是什么意思，动作越慢，用的力气越大，越显他身上的功夫。霍军知道伍大卫是做给他看的，是无声的演示和警告。

看穿这一点后，霍军内心反而轻松了。他知道伍大卫紧张了。伍大卫一紧张，就暴露了底细，如果伍大卫不动声色，霍军便不知道他的水有多深。霍军原来看伍大卫像一座山，现在一看，只是个小土包。如果真动起手来，自己未必输给他。不过，霍军没有扳倒伍大卫的意思，因为他是丁香芹的老公，只要是丁香芹的东西，霍军都要维护好。

伍大卫是在床上被抓走的。伍大卫习惯早睡早起，天蒙蒙亮开始练武。天还没亮，十几个民警破门而入，伍大卫刚刚反应过来，就被按在床上，手脚被扣。

伍大卫被关在信河街看守所，丁香芹每天去看守所，看守人员将她拦在外面，说没宣判之前不能探望。丁香芹问什么时候宣判伍大卫，他们说不知道。丁香芹想不明白，政府为什么抓伍大卫。在丁香芹看来，伍大卫从来没做过坏事，他维护了卖麻桥码头平安，只要伍大卫在，卖麻桥码头没人敢打架，连吵架的人一见伍大卫也自动闭了嘴巴，转身各自做事。这样的人，是卖麻桥码头的保护神，政府应该为他立个功德碑才对。

就在伍大卫被抓当晚，几十个民警包围了霍军的赌场，赌徒们没回过神来，就被摁在地上。这次围捕，唯一漏掉霍军。他那晚在后面房间休息，听见前面响动，打开窗户，跳进塘河。游上岸后，知道城里不能待了，他突然想起十里外的乡下有一个他妈妈家的亲戚，每年甜瓜上市前，这个乡下亲戚都会挑一担甜瓜进城给他吃。

霍军在乡下躲了半年，得到伍大卫被判刑的消息。霍军想，丁香芹此刻该是多么伤心啊，这时他应该站在丁香芹身边安慰她、陪伴她，让丁香芹知道，除了伍大卫，还有一个叫霍军的男人值得依靠。可是，霍军不敢进城，他也不敢住在亲戚家，而是住在亲戚的瓜棚里。瓜田在瓯江边，每天傍晚，瓜农们收工回去，整个瓜田只剩下霍军一个人。瓜田无边无际，霍军觉得自己好像被这个世界遗忘了。他每天傍晚走到瓯江边，这里是入海口，江面开阔，望不见对岸，江水浊黄，滩涂和江水混成一体，在斜阳的余晖下，闪射出无数片红光，气势恢宏。霍军无心观看江景，沿着瓯江往上走，他知道，一直往上走就能见到日思夜想的丁香芹，可是，每次远远看见信河街新建的白房子时，他只能停住脚步。再往上走就危险了。往回走时，霍军觉得天一下子就黑下来了，瓯江里传来巨大的哗哗声。

胡长清刚开始以为霍军被抓进去了，他还没来得及去公安局打听消息，警察找上门后，他才知道霍军逃走了。胡长清想不出霍军会躲到哪里，他只能一边打探一边等待，希望霍军来找他。一个月过去了，没有霍军的影子，也没有他的消息，胡长清才想起他在乡下有个亲戚，是个种甜瓜的，人名和地点都不知道。胡长清打听哪里有种甜瓜，一打听才知道，信河街乡下都种甜瓜，只是有的地方种得多，有的地方种得少。

胡长清花了两个月，终于在瓯江边的瓜棚里找到霍军，霍军比原来瘦了一圈，眼睛凹进去，颧骨凸出来，脸上的皮肤又干又黑，像裂开的泥土。霍军看了胡长清一会儿，说："狗生的胡长清，谁让你来的？"

胡长清说："我自己来的。"

霍军说："你来干什么？"

胡长清说："我来看你。"

霍军冷笑了一声，说："胡长清，你应该去墓地看我爸，不应该来看我。"

胡长清说："我每个月都去墓地看你爸。"

"你应该每天去。"霍军把头转向瓯江，看见的只是无边无际的绿色瓜藤和叶子。

胡长清点点头："是的，我欠你爸一条命。"

停了一会儿，霍军把头转过来，盯着他说："狗生的胡长清，你实话告诉我，你和我妈到底是什么关系？"

"你别听社会上的人乱讲。"胡长清说，"我跟你妈没关系。"

霍军说："我真的不是你的种？"

胡长清说："你是你爸的种。"

"既然这样，赶快给我滚蛋。"霍军咬着牙说，"以后别再让我看见你。"

胡长清后来又去了两次，霍军远远地看见他来就躲起来。

霍军在乡下躲了十个月，风声渐渐平息，他终究放心不下丁香芹，偷偷溜进信河街。找到丁香酒楼，藏在暗处，一直等到客人散尽，他才悄悄溜进去。丁香芹抬头看见他，先是一愣，接着一阵惊喜："霍军？你是霍军吗？你为什么这么瘦？你为什么这么黑？我差点认不出来了。"

霍军眼眶一热，他这时多么想抱一抱眼前的丁香芹啊。这十个月来，他无数次想象跟她见面，每次恨不得立即飞到她身边，看着她，围着她，捧着她，亲着她，用所有力量保护她。

第三十四节

陈宇宙一开口，嘴巴像机关枪扫射，成了一个话痨。

陈宇宙以前不上学，时间随便用，上学以后，时间得跟学校节奏走。柯又绿说："陈宇宙，你以为你是地主啊，吃饭一粒一粒地数？"

陈宇宙说："妈，什么是地主？你见过地主吃饭吗？你知道地主吃饭速度是快还是慢吗？你见过地主吃饭数米粒吗？"

柯又绿说："陈宇宙，我说的是你，不是地主。"

陈宇宙说："妈，不是这样的。老师说了，小孩子吃饭不能太快，小孩子身体还在发育，如果吃太快肠胃会受伤，肠胃受伤会影响身高，会影响智商。妈，你总不希望你儿子以后是个小矮人吧？你总不希望你儿子以后是个傻子吧？妈，如果那样你儿子以后就娶不到老婆了，哦，你也当不了奶奶啰。"

柯又绿说："我叫你吃快点，没让你受伤。"

陈宇宙说："妈，我不是故意吃那么慢的，我吃饭时脑子转得快，比飞机还要快，想飞到哪里就飞到哪里，平时做不出来的作业吃饭时做出来了。妈，现在你跟催命鬼一样催呀催，我的头都被你催大了。完蛋了，我的作业做不出来了，嗯哼哼，我要你赔……"

柯又绿对他说："陈宇宙，你们班主任老师今天打电话给我，说你在学校里卖糖果给同学？"

"妈，确实有这事，我赚了两百元。"

"你们同学之间应该帮忙，怎么能做买卖呢？"

陈宇宙说："妈，你是不是老糊涂了？我们同学之间为什么不能做买卖？我的同学想吃糖果，学校里没有小卖部，我把糖果带进学校卖给他们。妈，我没有强迫他们买，都是他们偷偷找上我的。"

柯又绿说："老师说，你卖的糖果价钱比市场上贵一倍，你也太黑了吧？"

陈宇宙说："我一点也不黑。妈，你知道我在学校里卖糖果有多危险吗？如果被老师抓住我要在晨会上做检讨，还要被校长点名批评，回来肯定还要被你打屁股。妈，我做糖果生意很不容易，比陈震东还不容易。我偷偷摸摸躲着老师，像老鼠躲着猫。妈，为了做这个糖果生意，我累得腰酸了，屁股痛了，比市场贵一倍是应该的。"

柯又绿说："老师说你扰乱教学秩序。"

陈宇宙说："妈，你被老师骗了，我卖糖果是在课间休息和午休时间，同学也没有在课堂上吃糖果，我们课堂秩序好着呢。"

柯又绿说："老师不让你卖糖果就不要卖了，你现在的任务是学习。"

陈宇宙说："好的妈，我听你的，不卖糖果了。从明天起我卖笔记本，是那种有密码锁的笔记本。同学都说你们大人喜欢偷看我们的笔记本，上了密码锁后，你们就看不到了。我讲完了妈。句号。"

柯又绿给陈震东打电话："陈震东，我做人很失败，我说一句，你儿子说三句，他道理比我多，我说不过他，接下来你来试试。"

陈震东在电话那头说："柯铜锣，你是不是盐吃太少了？老子服装公司刚上马，忙得没时间放屁。陈宇宙不是想说话吗，你拿一个高音喇叭，让他站在楼顶上说，让他说三天三夜，你看他这个兔崽子还能不能说得动？你告诉他，这是老子的意思，让他试试。"

第三十五节

陈震东每天晚上回家给陈文化洗一次澡。

陈文化已经不会洗澡，也不让胡虹给他洗澡。胡虹帮他洗澡，他身体像蜗牛一样缩起来，大声喊："救命啊救命。"

胡虹给他洗五分钟，陈文化喊五分钟。胡虹说："陈文化，闭上你的臭嘴好不好，不知道的人以为我虐待你呢。"

陈文化还是喊："救命啊救命。"

胡虹拿陈文化没办法，只好打电话求助："陈震东，考验你孝心的时候到了。"

陈震东去市场买一个宽和高各一米二的木桶。陈震东把木桶扛回家，胡虹问："陈震东，你这是要杀猪吗？"

陈震东说："对，两头猪。"

陈震东让胡虹烧水，烧一锅，倒一锅，木桶水满到一半时，陈震东用手试了试水温，然后，三下两下把自己的衣服扒光。胡虹说："陈震东你疯了？"

陈震东说："我是疯了。"

脱光后，陈震东看着陈文化，陈文化这时很安定，眼睛看着陈震东裆部耷拉着的鸡鸡。陈震东走近陈文化，三下两下把他的衣服扒光，陈文化没有反抗，伸出手指去撩拨陈震东的鸡鸡，笑着说："小鸡鸡，小鸡鸡。"

扒光陈文化衣服后，陈震东用足力气抱起陈文化。他心里空了一下，原以为陈文化会很重，抱在手里，轻得像一个儿童。

将陈文化放进木桶后，陈震东也跳进木桶。他给陈文化的头发涂洗发膏，陈文化也给他涂洗发膏。他给陈文化洗脸，陈文化也给他洗脸。他拍拍陈文化的屁股蛋，陈文化也拍拍他的屁股蛋。他对陈文化笑笑，陈文化也对他笑笑。从木桶出来后，他用浴巾给陈文化擦身体，陈文化也用浴巾给他擦身体。然后，陈震东用吹风机给他吹头发，陈文化不干了，一把夺过吹风机，将陈震东按在椅子上，陈震东只能乖乖坐在那里让他吹头发。吹完后，陈文化很自觉地坐在椅子上，让陈震东给他吹。

陈震东给陈文化洗澡时，胡虹坐在椅子上，拍了一下大腿抹一下眼泪，边哭边说："陈文化啊陈文化，你那么聪明的人，为什么会生这种傻病呢？你不该生这种病，你也没资格生这种病。你还记得当年娶我时说的话吗？你说你会好好照顾我一辈子。你现在这个样子怎么照顾我？你说说看，怎么照顾我？皇天，我的命为什么这么苦哟，干脆早点死算了。可是，我如果死了，留下你怎么办？你饭也不会煮，连鸡蛋也煮不熟，如果没有我在身边服侍，你怎么办呀陈文化？"

哭完了陈文化，胡虹开始哭陈震东："陈震东啊陈震东，你看看我跟你爸过的是什么日子啊，我们没过过一天快活日子。以前为了把你抚养成人，我和你爸吃不好睡不好，偏偏你又不听话，为了你开店，你爸和我每天提心吊胆，走路不敢走路中间，看人眼睛也不敢直视。原以为在工厂干死干活一辈子有个保障，谁料到轰隆一声，工厂就没了，我和你爸成了下岗工人，每个月领到的退休金只够吃饭，你爸每个月要上千元药费，那点退休金怎么够？可是，不够又能找谁去？我和你爸现在是叫天天不应，叫地地不灵，我真是命比黄连还苦啊。"

陈震东给陈文化吹干头发，拍拍他的头，说："完工。"

陈文化站起来，踮起脚，也拍拍陈震东的头，说："完工。"

第三十六节

李美丽的五路公交车每天绕着信河街开十趟，每趟经过刘发展的中介所，她都大声跟刘发展打招呼。

黄丽君又来中介所时，李美丽从车窗伸出半个身子，对中介所喊："刘发展，刘发展，我在这里。"

刘发展从中介所探出半个身子，跟李美丽挥挥手。黄丽君却是整个身子露了出来，也跟李美丽挥挥手。李美丽只看一眼，马上跑到车门口，用脚狠狠踢车门，对司机说："开门。"

司机说:"这里不能开门。"

李美丽说:"狗生的,你再啰唆,我砸烂你的狗头。"

说着,举起售票板就砸,司机赶紧把车门打开。李美丽对司机挥挥手,丢下一句话:"你和你的公交车赶快滚蛋。"

李美丽子弹一样冲下来,进了中介所,先盯着黄丽君看了足足一分钟。黄丽君也看着李美丽,眼睛里全是笑意。李美丽对自己的相貌是很自信的,但是,当她看见黄丽君,心里先矮了半截,黄丽君未必比她漂亮,但她身上有一种不可侵犯的威严。如果在公交车上看见黄丽君,李美丽至少会多看她一眼,甚至对她口气温和一些。但是,李美丽现在顾不了了,黄丽君就是王母娘娘的女儿下凡来,李美丽也会跟她拼到底。

看完黄丽君,李美丽盯着篮生看了足足一分钟,一对照,李美丽什么都明白了。篮生这种长相的女孩子不应该生长在李美丽和刘发展这样的人家,想生也生不出来。

看完篮生后,李美丽盯着刘发展看了一分钟,最后眼睛轮流在他们身上审视一分钟。李美丽点点头说:"狗生的刘发展,算你狠,居然埋藏得这么深,老子终于明白什么叫老狐狸了。"

刘发展知道李美丽的脾气,越是冷静越是暴风雨来的前奏。他苦笑着摇摇手说:"李美丽,事实不是你看到这样的。"

李美丽说:"刘发展,我们结婚以来,你说的每一句话我是不是都当圣旨来对待?"

刘发展点头说："是。知道你对我好。"

李美丽说："我告诉你，这样的日子翻过去了，从现在起，你就是说一千句一万句，我眼睛也不会眨一下。我现在只相信自己的眼睛，只相信我看到的现实。看见你们一家三口站在我面前，而我像个傻卵蒙在鼓里，传出去我李美丽真是没脸做人，真是耻辱啊。可是，老天还是长眼睛的，终于让我发现了，终于让我认清了你这个阴险小人、恶毒丈夫。老实说，我很高兴，我心情很好，比中五百万彩票还高兴。"

刘发展知道李美丽今天不会善罢甘休，她一生气，嘴巴里什么东西都喷得出来。刘发展最怕的就是这一点，这让他在黄丽君面前很没面子，李美丽越粗俗，越显得黄丽君高贵。更让刘发展担心的是篮生，李美丽嘴巴里屎尿横飞，只顾自己痛快，受伤害的人却是篮生。刘发展说："李美丽，你别急，既然今天遇到了，咱们一定把话说明白，我先把篮生送到隔壁去。"

李美丽一把拦住刘发展和篮生说："为什么要把篮生送到隔壁去？篮生是当事人，是证据，她不能离开现场。"

刘发展抱着篮生想推开李美丽，李美丽一把抓住篮生，篮生疼得哇地哭起来。刘发展随手甩了李美丽一个耳光。

李美丽愣了一下，捂着脸颊说："狗生的刘发展，你打我，你居然打我。老子跟你拼了。"

李美丽想扑过来，刘发展又扬起手臂说："你相不相信我第二下揍得更狠？"

李美丽哇地一声哭起来，说："他妈的刘发展，有本事你打死我。"

李美丽话是这么说，身体没有进一步行动。刘发展把篮生托给隔壁的老板照看，转身回到中介所，把大门关上，说："李美丽，你现在把天嚷破都可以了。"

让刘发展没有想到的是，他到隔壁短短的两分钟，李美丽已经跟黄丽君手拉着手，黄丽君叫李美丽美丽姐姐，李美丽叫黄丽君丽君妹妹，亲热得像一对离散多年的双胞胎。

刘发展看看李美丽又看看黄丽君，不知道发生了什么事。她们的亲热来得太突然，她们的笑声来得太热烈，让刘发展怀疑背后有不可告人的阴谋。

黄丽君拉着李美丽的手说："美丽姐姐，咱们就这么说定了。"

李美丽也拉着黄丽君的手说："丽君妹妹，我等你的好消息。"

黄丽君跟刘发展挥挥手说："刘发展，我明天再来。"

刘发展还没反应过来，李美丽马上说："我送送丽君妹妹。"

李美丽把黄丽君送走后，回到中介所，刘发展盯着她说："李美丽，你搞什么名堂？"

李美丽走到刘发展身边拉着他的手说，"刘发展，我错怪你了。"

停了一下，李美丽又说："但你刚才不应该打我，我们结婚这么多年，你从来没有动过我一个指头，今天你居然动手打了我，我会记一辈子的。"

刘发展看着李美丽说："我现在还是很想揍你。"

李美丽拍了一下他的肩膀说："狗生的刘发展，你打出味道来了是不是？我跟丽君妹妹商量好了，你以后别想再动我一根汗毛。"

刘发展说："黄丽君给你灌了什么迷魂汤？"

"这是我和丽君妹妹的秘密。"李美丽说，"仔细想来，丽君妹妹真是不容易，虽然当上那么大的官，生个女儿却不能认，天底下还有比她更可怜的人吗？"

李美丽说着眼眶红起来。刘发展说："你不怀疑篮生是我和黄丽君私生的了？"

李美丽用手指戳了一下刘发展的脑袋说："做你的黄粱梦去吧。"

接下来几天，李美丽每天在家里念叨丽君妹妹。

两个礼拜后，一纸调令，把李美丽从公交公司调到人事局人才处。李美丽拿着调令在刘发展眼前晃了晃，说："刘发展，从今往后，老子的身份就是干部了。"

刘发展说："李美丽，这就是你跟黄丽君的秘密？"

李美丽瞥了他一眼说："刘发展，你也太小看人了，老子是那种要挟人的人吗？是丽君妹妹主动提出来的好不好，她是管人事调动的副局长，一纸调令，老子就以工代干了，以后信河街的干部培训和分流都要到老子这里盖章。"

刘发展说："李美丽，卖公交车票你是内行，干部培训和分流的事你屁也不懂，干什么去凑这个热闹？"

李美丽说："刘发展，这你就狭隘了吧。我生来就是卖公交车票的吗？老实告诉你，老子早卖烦了，起早摸黑，冬天也能挤出一身臭汗，更可气的是，领到的工资买不起一条漂亮裙子。"

刘发展说："李美丽，你要认清自己，你就是公交公司的命，你的性格不适合机关，机关的人讲修养，什么事情都放在肚子里，态度不明朗，而你什么话不经脑子就倒出来，最后吃亏的还是你。"

李美丽说："老子怕什么，上头有丽君妹妹呢。"

刘发展其实小看李美丽了。李美丽调到人才处后，什么事到她手上，只要能办，她一个印章就戳下去。来办事的人躬着腰说谢谢。李美丽说："谢个屁呀谢，政策上写得明明白白，老子只不过戳一个公章而已，你要感谢应该谢政府和政策。"

李美丽这个话传到黄丽君耳朵里，黄丽君专门打了一个电话："美丽姐姐啊，你觉悟很高，说话很有水平啊。"

李美丽说："别人可以笑我，丽君妹妹你不能笑话我。我有什么屁的水平，我只是将一碗水端平。这跟我当公交车售票员一样，不能我看你不顺眼就不让你上车，更不能因为你是我亲戚就不用买票。"

黄丽君说："好个一碗水端平，我没有看错啊，美丽姐姐果然是女人中的豪杰。"

让黄丽君这么一表扬，李美丽办事更来劲。遇到有部门拖着不办，李美丽抓起办公桌上的电话就杀过去，不管对方什么职务，指名道姓地说："你狗生的想干什么？文件上写得清清楚楚，材料也提供得完完整整，所有程序也都走完了。老子先把丑话说在前头，你马上办了，这事就算过去了，如果还拖着不办，你信不信老子马上去找市长。"

过了半年，李美丽转成正式干部，又过了一年多，提了副处长。李美丽的名声很快就出来了，都说人才处有一个长得漂亮、性格泼辣、办事利索的女处长。李美丽也渐渐知道自己在机关里有一定的知名度，她打电话时，开头一句："你好，老子是李美丽。"

第三十七节

王万迁在凤尾鱼服装公司上了半年班后，拿出所有积蓄入股，占公司百分之五十一股份。王万迁将钱打给许琼，许琼说："王万迁你这是什么意思？"

王万迁说："许琼你别误会，我们感情归感情，钱归钱，这一点必须算清楚。"

许琼说："你这么做我没办法不误会，我们是什么关系？我们的钱还分什么你我？"

王万迁说："如果钱的问题算不清楚，我就不能来你公司上班。"

许琼不想跟王万迁啰唆，挥挥手说："算了算了，这年头谁还跟钱过不去。"

王万迁入股公司半年后，进行大刀阔斧的整改，凤尾鱼服装公司以前拉到什么订单做什么服装，童装、女装、校服、戏服、寿衣、宠物狗的服装，通通做。王万迁大手一挥，通通砍掉。

许琼大惊失色："王万迁，你疯了，那么多业务你不接，准备喝西北风呀你？"

王万迁说："我还真准备喝西北风。"

许琼说："你是不是在监狱里待了几年，脑子待傻了。"

王万迁说："是不是傻了我不知道，我在监狱里想明白了一件事，这世界上根本没有捷径。就像你建一座房子，速度再快、外形再漂亮，地基没打深、没打扎实，房子早晚会塌掉。"

许琼说："你绕到捷径和房子上面去干什么，这跟你砍掉订单有关系吗？"

王万迁说："想明白捷径和房子的事后，我同时也想明白，一个人，活在世上，不能要得太多。宇宙里那么多东西，根本要不过来。"

许琼说："王万迁，你能不能干脆一点，直接告诉我，你要的是什么？"

王万迁说："好的，我马上告诉你，如果能要到一点就很了不起了。"

许琼尖叫了一声："王万迁。"

王万迁停了一下，看着许琼。

许琼说："请你直接告诉我，你要做什么？"

王万迁说："我以后专做男装。"

许琼想了一下说："王万迁你记住，我是你的，公司也是你的，你想怎么做都可以，只管放手去做，我相信你一定能把凤尾鱼做成一个知名的男装品牌。"

又过了半年，王万迁对许琼说："有件事得跟你说一下，我早几天主动去税务所加了税额。"

许琼说："王万迁啊王万迁，你挖到金矿了？你家里钱多得发霉了？大家都是这样报税的，为什么我们要比别人高？这不是让人家笑话你吗？"

王万迁说："人家笑话是人家的事，我觉得你以前报的税额和公司实际收入不符，税务所一查就能查出来。"

许琼想了想说："你报都报了，我还能说什么呢，你是董事长，你说了算。"

再过半年，王万迁找到许琼。许琼抢先说："王万迁，如果是凤尾鱼公司的事你决定就行，不用跟我商量。"

王万迁说："我想来想去，这事还是跟你商量一下更好。"

许琼说："既然你想说就说吧。"

王万迁说："我拿了十万元去电视台做凤尾鱼的广告。"

许琼定定地看他一分钟，然后说："钱打给电视台了？"

王万迁说："给了，他们发票也给了，是合法的。"

许琼的声音突然高了起来："王万迁，你这叫商量吗？你都'已经了'还商量什么？十万元啊，得做多少衣服啊，在电视上闪几下就没了，你这么做值吗你？你这么做对得起我吗你？你这么做是为了什么啊你？"

王万迁说："你不是叫我把凤尾鱼做成一个知名的男装品牌吗？"

许琼说："品牌是靠做出来的，就像姐妹裁缝店一样，一件一件从客人身上做出口碑来的。"

王万迁说："客人的口碑我们当然也做，但是我们现在要让更多人知道我们的口碑，让更多人来买我们的衣服，来穿我们的衣服，让他们觉得穿上我们的衣服是件很有面子的事。"

许琼伸出大拇指说："王万迁，十万元挥手一掷，你现在很有面子了。"

第三十八节

计化龙向陈震东提出辞职，他说自己脑细胞用光了，要去休息，要去充电。陈震东很痛快地同意了，对计化龙说，无论什么时候回来，他还是副总经理。

三个月后，计化龙开了一家化妆品公司。

陈震东对柯又绿说："你看看这个娘娘腔，一肚子坏水。"

柯又绿说："算了，我们做我们的生意，他做他的。"

陈震东说："当然不能'算了'，在信河街市场上，有我陈震东就没有他娘娘腔，有他娘娘腔就没有我陈震东。"

柯又绿说："你这么看重计化龙,他真的很厉害?"

陈震东说："不是娘娘腔厉害,而是我没有退路。只要我陈震东退一步,娘娘腔就会进一步。也不仅仅是娘娘腔一个人进一步,而是所有盯着我陈震东的人都会进一步。只要失去了主动权,我就会一步一步被人挤出市场,成为历史。"

柯又绿说："你准备怎么办?"

陈震东说："灭了娘娘腔。"

柯又绿叫起来："陈震东,你不会叫人杀了计化龙吧?"

陈震东说："柯铜锣,我陈震东在你眼里是这样素质的人吗?我是生意人,用的是生意手段,可以让对方倾家荡产,但不取人性命。"

柯又绿说："陈震东,你把计化龙弄倾家荡产也太狠了,他爸和我爸还是好友呢,我怎么向我爸交代?"

"你向你爸交代个屁。"陈震东说,"当初就是计去疾去找你爸的,你让计去疾来找我好了,我倒要问一问,是不是他叫娘娘腔挖我的墙脚。"

一个月后,陈震东在娘娘腔的化妆品公司隔壁开了一家面积比他大一倍的化妆品公司,卖的产品几乎一模一样,价格便宜三分之一。

计化龙坚持了三个月,只好把公司搬到另一个地方。

一个月后,他公司隔壁又开了一家面积比他大一倍的化妆品公司,卖的产品几乎一模一样,价格便宜三分之一。

计化龙又坚持了三个月,生意一天比一天差,只好另外找地方。

可是，新公司刚开始装修，隔壁一家面积更大的公司也开始装修了。

计化龙想了半个月，找到陈震东："董事长，我向你认错。"

陈震东说："你向我认什么错？"

计化龙说："我破坏了行业规矩。"

陈震东说："我说过，职位为你留着。"

计化龙说："谢谢董事长，我不回来了。我这次不做化妆品了，我想开一家美容院。"

"他妈的娘娘腔，你果然是个做生意的人才，老子刚想到开美容院，你居然也想到了。"陈震东说，"还有谁比你更适合开美容院呢？好吧娘娘腔，我们同学一场，也算有缘，这块市场老子拱手相送了，你好自为之。"

半年后，计化龙的化龙美容院开业，陈震东还专门送去祝贺花篮。

美容院走上正轨后，计化龙去姐妹裁缝店找许瑶。那天许琼去凤尾鱼服装厂了，只有许瑶一个人在店里。计化龙说："许瑶，你愿不愿意嫁给我？"

许瑶愣了一下，瞪着眼睛看了计化龙一眼，没有说话。

计化龙说："我是认真的，你嫁给我吧。"

许瑶低下了头。

计化龙说："我知道你不喜欢说话，你点个头也行。"

许瑶没有说话也没有点头。

计化龙也不说话了，直直看着许瑶。

过了许久，许瑶轻声说："我为什么要嫁给你呀？"

计化龙说："因为我爱你。"

许瑶说："你说的话我听不懂，你回去吧。"

计化龙第二次去裁缝店两姐妹都在。

计化龙说："许琼，我想娶许瑶，你同意不同意？"

许琼看看计化龙，笑着说："只要许瑶同意，我这个当姐姐的有什么不同意的？"

计化龙对许瑶说："许瑶，你姐姐也同意了，你嫁给我吧？"

许瑶看看许琼，又看看计化龙，说："我姐姐跟你开玩笑的。"

计化龙转头问："许琼，你到底是真同意还是假同意？"

许琼依然笑着说："我还是那句话，只要许瑶同意，我当姐姐的就同意。"

计化龙说："许瑶，你听清楚了吧？你姐同意了，你同意不同意？"

许琼心里想："妈的个卵，我什么时候同意了？我人还站在这里呢，你就睁着眼睛说瞎话，如果我不在，还不知你能说出什么花样来呢？"

许琼知道许瑶心里没有计化龙。她跟许瑶虽然性格不同，但她们是双胞胎，像两块磁铁，相互吸引又相互排斥，她们心是相通的。

许瑶没有回话。

计化龙又说："我知道你心里舍不得裁缝店，你放心，嫁给我以后，只要你愿意，你可以回来跟你姐姐一起开裁缝店。"

许琼在心里骂道："我撬你老母的卵，你这个娘娘腔，居然干涉起我们家内政。"但许琼故意不开口，她想看看许瑶的反应。

许瑶没有反应。

计化龙叹了口气说："许瑶，看来你的心确实挺硬的，但我还会再来的。"

计化龙说完后，转身离去。许瑶抬起头来："计化龙，你把娶我的理由再说一遍。"

计化龙说："我爱你，所以我要娶你。"

许瑶说："你再说一遍。"

计化龙说："我爱你。"

许瑶说："好，我嫁给你。"

许琼发现，自己不了解许瑶。

第三十九节

陈震东回家给陈文化洗澡时，发现家里多了一个胖子和一个瘦子。胖子和瘦子头发湿漉漉，像两只水老鼠。他们一见陈震东，马上站起来，脸上堆起笑容，客气地叫董事长。

瘦子说："哟嗬，董事长，你肯定忘记我了，我叫李铁，是你爸的得意弟子。"

胖子说："哟嗬，董事长，我叫陈铜，我不是你爸的得意弟子。"

他们一说，陈震东就记起来了，心里想，才十多年，这两个活宝怎么就衰老成这样了？

陈震东对他们挥挥手说："你们坐。"

李铁动作快，马上搬来一把椅子，用衣袖擦了擦，塞在陈震东屁股底下，做了个邀请手势，说："董事长请坐。"

陈铜跟在李铁身后跑一圈，空手回来，站在陈震东另一边，也做了个邀请手势，说："董事长请坐。"

陈震东坐下，李铁和陈铜还像雕塑一样立在他身边，陈震东说："你们也坐。"

李铁说："在董事长面前我们站着就很好了。"

陈铜也说："我们站着就很好了。"

陈震东说："你们喝茶？"

李铁马上跑着去端了一杯茶过来，双手递给陈震东说："董事长请喝茶。"

陈铜这次没有跟着跑，但李铁说完后，他马上也跟着说："董事长请喝茶。"

陈震东喝口茶后，从包里拿出中华烟，说："你们抽烟？"

李铁和陈铜几乎同时从口袋掏出一次性打火机，点着火，等着陈震东。

陈震东摆摆手说："我只有陪客人时才抽一根。你们抽吧。"

李铁马上摆手说:"在董事长面前我们怎么敢抽。"

陈铜也跟着摆手说:"在董事长面前我们怎么敢抽。"

陈震东看看胡虹,胡虹故意扭头不看他。

陈震东看看陈文化,陈文化坐在藤椅里,眼睛空洞地看着前方。

陈震东看了看李铁和陈铜说:"我要给我爸洗澡了。"

李铁说:"我们给师傅洗过澡了。"

陈铜也说:"我们给师傅洗过澡了。"

陈震东知道他们为什么头发湿漉漉的了。

李铁说:"董事长,你放心,师傅洗澡的事今后交给我们好了。"

陈铜点点头说:"董事长,你放心交给我们。"

李铁说:"以前是我们不对,没有尽到徒弟的义务。"

陈铜说:"我们这徒弟当得不好。"

李铁说:"东风电器厂倒闭后,我们到处打工,希望能够过上好日子,过上好日子就能够照顾师傅了。可是,我们去哪个工厂哪个工厂倒闭,混得一天比一天差。"

陈铜说:"我们给师傅丢脸了。"

李铁说:"我和陈铜商量后,决定投奔董事长,一来混口饭吃,二来照顾师傅。"

陈铜说:"请董事长收留我们。"

陈震东看看李铁又看看陈铜,说:"你们对我爸好,我很感谢。你们想来上班,我很欢迎。但你们要记住,我爸是我爸,我是我,照顾我爸和上班是两个概念。"

李铁点点头:"我知道,我们下班后来照顾师傅。"

陈铜说:"我们一定好好上班。"

李铁说:"我就知道董事长会看在师傅的面子上收留我们的。"

陈铜说:"谢谢董事长收留。"

陈震东说:"你们是四肢健全的人,我招你们来工厂上班,我们是合作关系,不是收留关系。"

李铁说:"是什么关系董事长说了算,反正以后我们两兄弟跟着你做事,我们就是你的人。"

陈铜说:"我们是董事长的人。"

李铁和陈铜走后,陈震东问胡虹:"这两个人什么时候来的?"

胡虹说:"一大早就来了。"

陈震东说:"他们中午在这里吃的饭?"

胡虹说:"他们自己掀碗拿筷,比我还主人翁。"

陈震东说:"他们真给我爸洗澡了?"

胡虹说:"这倒是真的。"

陈震东说:"我爸肯给他们洗吗?"

胡虹说:"他们一个负责抱,一个负责洗,杀猪一样。"

陈震东说:"洗了就好。"

胡虹说:"可我总觉得这两个人不牢靠。你爸一辈子牢靠,最后收了两个不牢靠的徒弟,真是败笔。"

第四十节

　　卖麻桥码头陆陆续续开出十来家酒楼和大酒店，一家比一家大，一家比一家亮，相比之下，丁香酒楼显得陈旧、寒酸和死气沉沉。几个老客常来，是碍于面子。丁香芹思考再三，与其在别人怜悯下讨日子，不如自断手臂求生存。她很快盘掉酒楼，租了一间房子，前面开店，后面住宿，重操旧业，开起丁香早餐店。

　　霍军起早摸黑帮助丁香芹打理早餐店。他很快掌握了各种早餐的做法，凌晨三点起床蒸糯米饭，准备油条、香菇、肉糜等早餐配料。丁香芹开门出来，霍军对她挥挥手说："谁让你这么早起来的？回去回去，来了顾客我叫你。"

　　过一段时间，霍军会像变魔术一样从身后掏出一条裙子。霍军说："丁香芹，穿上这条裙子，你肯定比现在还要漂亮十倍。"

　　丁香芹说："你怎么又给我买裙子了？不是说好不买了吗？"

　　霍军说："我一看见这条裙子就想到你，这么漂亮的裙子，穿在别的女人身上不是糟蹋了吗？"

　　丁香芹说："你不要给我买衣服和化妆品了，你没有收入，钱要省着点用。"

丁香芹要给霍军开工资。霍军很生气，半天不跟丁香芹说话，也不看她。丁香芹不敢再提工资的事。

一晃，伍大卫已经关了五年。

丁香芹每个月去一趟十里亭。霍军在乡下避难时，都是丁香芹一个人去。霍军回来后，他送丁香芹去。霍军有辆二手桑塔纳轿车，他将丁香芹送到十里亭监狱门口，丁香芹进去后，他将靠背放倒，躺在车里等候。等候过程中，霍军脑子里跳来跳去全是丁香芹和伍大卫会面的镜头。这些镜头让霍军躺不住，他站起来，烟抽了一根又一根，不断用脚踢汽车轮胎，一边踢，一边在心里骂："伍大卫，你赶快给我滚出来，你他妈的在里面享清福，老子在外面累死累活。"

那天，丁香芹从十里亭监狱出来，霍军发现她眼眶红红的，霍军问："你跟伍大卫吵架了？"

丁香芹没有回答，坐上车后也是一言不发。

霍军一路上不敢多说话。

到家后，丁香芹没有吃饭，直接回房间睡觉。霍军知道她今天异常，以前无论多累，丁香芹也会跟他准备明天的早餐用料。

当霍军将糯米、黄豆和面粉都准备妥当后，已是晚上十点钟，他冲了澡，回到房间，一靠枕头就睡过去了。

不知过了多久，霍军听见丁香芹叫他。他睁开眼睛，看见丁香芹穿着睡裙站在床边。丁香芹说："霍军，你真的爱我吗？"

霍军说："我真的爱你。"

丁香芹俯下身子，抓住霍军的手，贴在她胸脯上："霍军，你爱我的身体吗？"

霍军的手指动了动，点点头说："我爱。"

丁香芹说："你想不想要我的身体？"

霍军的脑袋眩晕了一下，喘了口气，说："我想。"

丁香芹说："我白天在十里亭跟伍大卫说好了，晚上要把身体交给你。"

霍军觉得身体在变大，他叫了一声："丁香芹。"

丁香芹说："伍大卫也觉得我应该这样做，伍大卫还建议我跟他离婚，跟你结婚，他说他是自愿的。"

霍军气快喘不过来了，他听见自己的呻吟声，叫道："丁香芹，丁香芹。"

丁香芹把睡裙解开，展示给霍军看，她说："来吧霍军，我现在是你的了。"

霍军看着丁香芹，突然笑起来。

丁香芹说："霍军，你笑什么？"

霍军慢慢帮丁香芹把睡裙穿起来："我不能跟你上床。"

丁香芹说："你为什么不能跟我上床？"

霍军拍拍手掌说："我现在要去蒸糯米饭了。"

第四十一节

篮生被李美丽和黄丽君送到寄宿学校，每个星期五晚上回来，星期日晚上返校。刘发展想起要整整五天见不到篮生，鼻子一阵阵发酸。

虽然入学手续都办妥了，刘发展还是不死心，他对李美丽说："篮生才读五年级，脚也洗不干净，牙也刷不干净，我们再等一年，读初中才送去寄宿好不好？"

李美丽说："刘发展，你有点发展的眼光好不好？你以为读寄宿学校是进你的中介所啊，你想今年读就今年读，想明年读就明年读。你知道丽君妹妹花了多大面子才拿到指标？社会上传说，一个指标可以卖三十万元。"

刘发展说："李美丽，我知道那个学校好，篮生能去好学校读书我也高兴，可我就是舍不得篮生嘛。"

李美丽说："我知道你对篮生好，但你更应该为篮生的前程着想，不要老做拖后腿的蠢事。"

李美丽这么说是有原因的。篮生读一年级时，黄丽君就想送她去寄宿学校。

刘发展知道后，带着篮生去乡下躲了一个星期。黄丽君找不到他们，只好向刘发展妥协，寄宿的事以后再说。

篮生被送到寄宿学校当天晚上，给刘发展打手机："刘发展，篮生想你了。"

刘发展捧着手机，颤抖着声音说："篮生，刘发展也想你了。"

篮生说："篮生想刘发展陪篮生睡觉。"

刘发展说："刘发展也想陪篮生睡觉。"

篮生说："刘发展你到学校来嘛。"

刘发展说："好的篮生，刘发展就来。"

放下手机后，刘发展坐出租车来到篮生宿舍。

篮生一看见刘发展，一把将他抱住："篮生觉得已经很久很久没有见到刘发展了。"

刘发展摸着她的头发说："刘发展也是。"

篮生说："篮生想刘发展想得胃都疼了。"

刘发展说："刘发展的胃也疼。"

篮生说："刘发展搬到学校来住吧。"

刘发展笑起来："刘发展也想，可校长不让刘发展住。"

篮生拍拍刘发展的背，安慰说："可怜的刘发展，篮生会经常回去看你的。"

篮生寄宿一个多月后，那天一大早，刘发展接到学校电话：篮生不见了。

刘发展一听，手脚全软，连话也说不出来了。

刘发展赶到学校，看了监控录像，篮生是凌晨五点离开学校的，她背着双肩包从大门口走出去，保安正在呼呼大睡，篮生很快消失在监控里。

刘发展从学校徒步往回走。他走过一条又一条马路，他希望马路能给他一些篮生的信息，马路没有表情，态度生硬，根本不理睬他。刘发展跨过一座又一座桥，桥下是停止喘气的塘河水，水面冒出一缕缕白烟，他问每一座桥，有没有见到篮生，桥没有回答他。刘发展经过一片又一片瓯柑园，树上的瓯柑还没发黄，跟叶子融在一起，远处是一片接一片的墨绿色，他问瓯柑有没有篮生的消息，每一颗瓯柑都用沉默回答他。刘发展问路边的每一棵榕树，榕树的枝干挂满气根，很傲慢地回绝了他的询问。

刘发展回到中介所，没见到篮生。回到家，也没有篮生的影子。他从来没有觉得中介所和家有这么空、这么大，大到可以开大型运动会。刘发展又回到中介所，打开大门，坐在门口等。刘发展相信，篮生一定会来中介所找他。

两个钟头过去了，还没有篮生的消息。

刘发展对自己说，刘发展，你要沉住气，要对篮生有信心，要相信篮生正在回来的路上。

刘发展又等了半个钟头，看见远处一个小黑点。刘发展一眼就看出来，那是篮生。刘发展听见喉咙咕噜一声，身体要飞起来。刘发展死死抓住椅子的把手，把屁股挪了挪，贴得更紧一些，坐得更沉一些。

篮生跑得满头大汗，手里拎着两条鲫鱼，一晃一晃的。刘发展一动不动坐在门口。

篮生跑到门口，停下来，看着刘发展。

刘发展说："篮生不在学校读书，跑这里来做什么？"

篮生说："篮生早上醒来突然很想刘发展。"

刘发展说："想刘发展可以打手机啊。"

篮生说："打手机没用，篮生就想见刘发展。"

刘发展说："见刘发展也可以，为什么一个钟头的路程走了两个半钟头？"

篮生举了举手中的鲫鱼说："篮生走到半路，碰到一个人在钓鲫鱼，篮生知道刘发展最喜欢喝鲫鱼汤。"

刘发展一把抱住篮生，哇哇哇哭起来。

篮生说："刘发展为什么哭了？"

刘发展说："刘发展以后再也不喝鲫鱼汤了。"

篮生说："刘发展不哭，刘发展以后想吃什么只管跟篮生说。"

刘发展哭着说："刘发展什么也不要，刘发展只要篮生就够了。"

第四十二节

王万迁说:"许琼,我们结婚吧。"

许琼看看他,说:"你终于愿意跟我结婚了?"

王万迁说:"是的,我等这一天很久了。"

许琼说:"你是个真正的男人了?"

王万迁说:"我做好准备了,许琼,嫁给我吧。"

许琼说:"王万迁,我真的很高兴。从第一次去十里亭探望你开始,我就在等这一天了,这一等就是八年。八年啊,王万迁,我从青年等成了中年。我每一天满怀期待,期待你开口向我求婚,带我去民政局领结婚证,在华侨饭店里大摆酒席,向所有亲朋好友宣告我们的婚姻。"

许琼换了口气,接着说:"可是,八年过去了,王万迁,我的脖子等酸了,血没温度了。我突然明白过来了,我在等的就是你这句话,有了你这句话,领不领证,办不办酒席,对我来说不重要了。我现在不要那些虚名了,我要的是实实在在过日子,把每一天的日子过好,每一天快快乐乐。"

王万迁看看许琼说:"你这么说我有点吃惊。"

许琼笑笑说："我也有点吃惊。"

王万迁说："我觉得你有点赌气。"

"王万迁，我没赌气，我为什么要赌气呢？我只是突然想明白了，原来很想要的东西，其实并不重要，最重要的是我们在一起。"许琼看着王万迁，说，"不过，我还是想再问你一句，你真的准备好了？"

王万迁说："真的准备好了。"

许琼说："妈的个卵，既然准备好了，还等什么呢？难道要我发邀请函吗？"

许琼和王万迁一起睡了半年，许琼肚子里有了王万迁的种。许琼问王万迁："你要凤尾鱼还是肚子里的种子？"

"我都想要。"王万迁想了想，说，"但我现在更想要凤尾鱼。"

许琼去做了人流。

半年后，许琼又怀上了。

王万迁说："你不是放了环吗？"

许琼："是啊，看来放了环也不一定保险。"

许琼又去做了人流。

许琼说："王万迁，环我是放了，为了保险起见，接下来跟我睡觉你要戴套。"

王万迁说："对，戴上套就双保险了。"

半年以后，许琼又怀上了。

许琼说："妈的个卵，不对呀王万迁，环也放了，套也戴了，你的精子是怎么钻到我子宫里去的？"

王万迁说："我也不知道呀，可能哪个套坏了。"

许琼又去做了人流。

许琼说："王万迁，医师说再流我这辈子就当不成妈妈了，为了保险，我环继续放，药也吃，这叫双管齐下。你呢，做的时候先检查一下套。"

王万迁说："没问题，我一定仔细检查。"

他们提心吊胆，每个月来月经前几天，许琼和王万迁严阵以待，王万迁一天打三个电话问候许琼。过了一年，许琼和王万迁才慢慢放松了警惕。许琼说："王万迁，看来戴套是有作用的。"

王万迁说："又吃药又戴套，从做生意的角度看，费用翻了一番。"

第四十三节

柯又绿说："陈震东，你还是不是陈宇宙的亲爸？"

陈震东说："他妈的柯又绿，陈宇宙是不是我亲生的你最清楚。"

柯又绿说："既然是你亲生的，你应该管一管。"

陈震东说："陈宇宙有你管还不够吗？"

柯又绿说："我管不了，陈宇宙根本不听我的话。"

陈震东说："陈宇宙怎么不听你的话了？"

柯又绿说:"他是个闷屁,无论我说什么,他只当耳边风,踢他三屁股,也没踢出一个响声。"

陈震东说:"他妈的柯又绿,你不是说陈宇宙是个话痨吗?怎么又变成闷屁了?"

柯又绿说:"他以前是个话痨,现在变成闷屁了。"

陈震东说:"奇怪了,陈宇宙为什么会从话痨变成闷屁呢?"

柯又绿哇哇哇哭起来,说:"陈震东,你还好意思问我?你掰着脚指头想一想,你儿子陈宇宙都读高中了,你陪他做过一道数学题没有?"

"没有。"

"你参加过一次家长会没有?"

"没有。"

"你给儿子洗过一次澡没有?"

"没有。"

"你陪儿子吃过一顿饭没有?"

"没有。"

"你跟儿子说过一句关心和鼓励的话没有?"

"没有。"

"你连个屁都没做。既然你什么也不做,当初为什么要在我身上埋下种子?为什么要让我生下陈宇宙?早知这样,我当初就应该难产死掉,跟陈宇宙同归于尽,如果我和陈宇宙都死了,你就如愿以偿了,可以娶许琼当老婆了。"

陈震东说："柯铜锣啊柯铜锣，你真是一面破锣，明明是说陈宇宙的事，怎么就扯到许琼身上了。"

柯又绿说："我一说起陈宇宙就伤心，一伤心就想到许琼，一想到许琼我就更加伤心。天哪，我为什么这么命苦哇，哇哇哇。"

陈震东想想也对，陈宇宙都读高中了，自己每天早出晚归，确实没跟他说过几句话。既然柯又绿这么说，作为亲生的爸，应该跟陈宇宙好好谈一次话。

陈震东那天晚上第一次进了陈宇宙房间，陈宇宙正埋头玩电脑里的游戏。电脑里花花绿绿，很多人在打架，有个人拿着机关枪一路扫射，屏幕上火光冲天。

陈宇宙一局游戏结束后，陈震东才开口："你好陈宇宙，我是陈震东。我今天有几句话想跟你说说，你可以将我看作你爸，也可以看作是一坨臭狗屎，但这几句话我今天晚上必须跟你说明白。"

陈宇宙瞥了瞥陈震东，没有回答，准备新一局。

陈震东说："你回答不回答都没关系，你想怎么玩也没关系。我告诉你，我以前也不读书，整天在社会上玩，你看看，你老子没饿死，也没被人打残废。"

陈震东伸出食指竖起来，说："但是，有一点你记住，过了今天，你就十八岁了。你老子十八岁开始赚钱养活自己，再没白拿家里一分钱。这是我们家传统，我是这么做的，你也必须这么做。所以，从明天开始，你必须养活自己。"

陈宇宙伸向电脑的手停了一下，看了陈震东一眼说："陈震东，你是要我去上班吗？"

陈震东说："我没要求你去上班，也没不让你上班。脚在你的腿上，路得靠你自己走。"

陈宇宙眨了眨眼睛，说："陈震东，你想我上班还是继续读书？"

陈震东说："我无所谓，你选择了我都支持。但是，有一点你记住，从明天起，我会跟你签一个合同，你用的每一分钱都必须我签字，每一分钱我都会让你妈记入账单。我还得告诉你，这些钱你要如期还账。我还必须告诉你的一点是，你借的钱是要算利息的，我会让你妈每个月寄账单给你。"

陈宇宙说："如果让我读书，我不想在信河街读，也不想在中国读，我想出去，去另外一个国家。"

陈震东说："你去哪里读书我不管，读什么专业我也不管。你想去火星也好，想去木星也行，我不会为你打一个电话，更不会找一个熟人。也就是说，如果你考上了，你爱去哪里都行，如果考不上，你想得再好也没毛用。"

陈宇宙说："陈震东，你不会限制我选什么专业吧？"

陈震东说："我说过，你读什么专业我不管，只要不犯法，你就是去读杀人的专业也不拦你。"

第二天，陈震东将合同交给柯又绿，柯又绿看了看合同说："陈震东，你真让陈宇宙签？"

陈震东说："当然要签，不仅要签，还要严格按照合同条款来执行。"

柯又绿说："陈震东，我们这是家庭，不是做生意。"

陈震东说："我当年就是跟家里这么签合同的。"

柯又绿说："所以你有心理阴影。"

陈震东说："这不是阴影，是家教。我陈震东当年能够这么做，我儿子陈宇宙为什么不能这么做？"

柯又绿说不过陈震东，她将合同拿给陈宇宙，陈宇宙认真看过合同，对柯又绿说："妈，我觉得陈震东的合同写得蛮好。"

柯又绿说："你爸这么做也是为你好。"

陈宇宙说："妈，我觉得陈震东说得蛮有道理。"

柯又绿说："你不要生你爸的气。"

陈宇宙说："妈，我蛮欣赏陈震东的做法。"

柯又绿说："你爸是个生意人，他习惯了生意人思维，用惯了生意场上的手段，对你没恶意。"

陈宇宙说："妈，陈震东的做法对我蛮有启发，以后我也跟我孩子签这样的合同。"

柯又绿说："你现在考虑孩子的事情还太早。"

陈宇宙说："妈，也不早了，我要未雨绸缪。"

柯又绿突然惊叫了一声："哦，我的天哪，陈宇宙，你跟我说话了？你好几年没跟我说过这么多话了？"

陈宇宙说："妈，这点你得感谢陈震东。陈震东昨天晚上跟我说了几句话，让我茅塞顿开。我不能像一条寄生虫一样生活下去了，我应该有自己的生活目标和运行轨迹。我可以做生意，也可以不做生意，但必须走一条跟陈震东完全不同的路。一条属于我陈宇宙的路。"

第四十四节

胡长清的胃一直不好。在西北跑供销时，胃就经常疼，他的办法是喝开水，烫烫就过去了。胡长清从来不去医院，不吃药，不打针。

这一次胡长清疼晕过去了，被办公室的人送到信河街人民医院。一检查，医师问谁是直系亲属，办公室的人给陈震东打电话。

陈震东赶到医师办公室，医师告诉陈震东，胡长清晚期了，癌细胞已经转移，手术没法做，只能化疗。陈震东问："如果化疗，胡长清还能活多久？"

医师说："不出意外，一年左右。"

陈震东问："如果放弃化疗呢？"

医师说："差不多也是一年。"

陈震东觉得这事应该让胡长清定。他到了胡长清病房，胡长清一看见陈震东，什么都明白了，说："是胃癌？"

陈震东说："肝癌。"

胡长清摸摸左边的肚子，又摸摸右边，笑了一下，说："他妈的，中彩票了。"

陈震东说："医师建议化疗。"

胡长清说："化疗个屁，你去办手续，我们马上出院。"

陈震东说："你再考虑考虑。"

胡长清说："不考虑了，我做一辈子生意，早就算过人生这笔账，生不生病都是我的命，好坏我都认。"

陈震东办完出院手续，领着胡长清坐上他新买的奔驰越野车往家里开。他办手续时跟柯又绿通了电话，决定把胡长清接回家。开到半路，胡长清对陈震东说："你掉个头。"

陈震东说："你想去哪里？"

胡长清说："去红星打火机厂。"

陈震东说："你不休息两天？"

胡长清笑着说："现在不用，以后有的是休息时间。"

陈震东说："你觉得身体没问题？"

胡长清拍拍胸脯说："你看我像个身体有问题的人吗？"

陈震东想想也对，掉了个头，车子直接开到红星打火机厂。

到了厂门口，胡长清打开车门，对陈震东说："我没事了，你忙去吧。"

陈震东走后，胡长清回到厂长办公室，办公室的人问他怎么出院了，胡长清摆摆手说："小毛病，胃疼而已。"

胡长清在办公室坐了半天，第二天去了一趟霍师傅的墓地。

从霍师傅墓地回来后，胡长清一切恢复正常，该出差出差，来了订单照接。三个月过去了，肝没有再疼。陈震东不放心，问胡长清："要不要去医院再检查一下？"

胡长清笑着说："好好的，去医院检查什么？"

陈震东说："上次可能是误诊。"

胡长清说："管他什么诊，我的身体我最了解。"

又过了三个月，肝再次疼起来，胡长清对谁也没说。

第二天一早，胡长清去了一趟卖麻桥码头的丁香早餐店。

胡长清一到店门口，霍军就说："胡长清，你这狗生的来这里干什么？"

胡长清笑笑说："听说这里的早餐很有名。"

霍军说："店里每天只做三百份，没准备你的早餐。"

丁香芹赶紧将他领到一个空座位上："你吃什么？"

胡长清说："一碗糯米饭，一碗咸豆浆。"

丁香芹将糯米饭和豆浆端上来。胡长清默默吃完，结账时对丁香芹说："糯米饭和豆浆都很好吃。"

丁香芹笑笑说："是霍军做的。"

胡长清也笑笑，没再说什么。出了早餐店后，胡长清又转身回来，走到霍军身边，轻轻说："有时间去你爸的墓地看看。"

霍军瞪了他一眼，挥挥手说："快滚。"

胡长清一天比一天瘦。肝一次比一次疼得厉害，疼的间隔越来越短。

实在疼得受不了，他就喝一大口滚烫开水。

陈震东隔两天来一趟红星打火机厂，胡长清说："你公司那么忙，没事别老往我这里跑，有事我打电话叫你。"

又过了三个月，那天上午，胡长清叫上陈震东，去了一趟霍师傅的墓地。墓地在信河街西边，在一个叫积谷山的山脚下，积谷山是雁荡山余脉，连绵几百公里，山深林茂。积谷山只是一个小山头，形状如畚斗，三面青山环抱，中间是个小陵园，站在陵园可以鸟瞰瓯江，如果往积谷山顶上爬，可以远眺东海。霍师傅下葬时，陈震东来过一次，霍师傅和他的老伴葬在一起。

他们越过陵园，往积谷山顶走。快到山顶处，有一座破旧土地庙。站在庙里，可以看清整座陵园，也可以看清来陵园的路。陈震东进土地庙看了一圈，出来后跟胡长清开玩笑，退休以后，他来这里当个守墓人，就住土地庙。胡长清笑着指指庙里那尊端坐着的土地神说："这里是他的地盘，你的地盘在山下。"

从山顶下来后，他们在墓地里转了三圈，胡长清选中离霍师傅墓地十米左右的一处墓穴。在管理处办完购买手续后，陈震东送胡长清回红星打火机厂。这一次，胡长清主动邀请陈震东到他办公室坐坐。

胡长清进办公室后，歪在沙发上说不出话来。陈震东见他脸色白里发青，皱着眉头，问他是不是又疼了，他闭着眼睛，摇了摇头。陈震东烧了一壶开水，胡长清喝了一大口，又躺了半个钟头才睁开眼睛。他看着陈震东，咧嘴笑了一下，说："陈震东，我不行了。"

陈震东摇摇头说："不会的。"

胡长清伸手制止陈震东，稍微坐直身子说："我有预感，不会超过三个月了。但我一点也不怕死，刚才去看墓地，心情很平静，希望早点躺进去。今天把你留下来，我有事情交代。我今天告诉你的事，希望你继续为我保守秘密。"

陈震东说："我相信你会好起来的。"

胡长清说："我要告诉你，霍军是我儿子，是我跟霍师傅老伴生的，我死后，这世上只有你一个人知道这事了。霍师傅是我这辈子最好的朋友，他知道霍军是我的种，好几次我刚要开口，他拿起一瓶白酒一口灌下去。"

胡长清看着陈震东说："我这辈子最对不起的人就是霍师傅，现在好了，我快跟他会合了，我会用下辈子来补偿他。我不想让霍军知道这事，我希望霍师傅一直是霍军的父亲。"

胡长清停了一下，闭上眼睛，又睁开眼睛，说："我现在唯一放心不下的是霍军。我知道他的性格，让他来接手红星打火机厂，他肯定不会来。所以，这家工厂再过一个星期就换新老板了。我把这笔钱分成两份，一份给你，一份给霍军。霍军的钱先放你这里，他落难时，你再伸手援救。"

胡长清眼睛盯着陈震东，陈震东想了一会儿说："我不会要你一分钱。我也不会管你和霍军的破事，要管你自己管。"

胡长清说："放屁，这钱你要也得要，不要也得要。霍军的事你想管得管，不想管也得管。我马上就要死了，我管不了了。"

胡长清说完这句话后，又过了三个月，死在自己家的床上。胡长清死前对陈震东说了一声"疼"，陈震东问他要不要去医院，胡长清已经说不出话，他很坚决地摇了一下头，伸手拉住陈震东的手，重重握了一下。

给胡长清操办丧事前，陈震东去了一趟丁香早餐店。霍军知道胡长清的死讯时，只是骂了一声"他妈的"。丧事期间，霍军没出现，陈震东披麻戴孝将胡长清送去墓地。陈震东把胡长清埋进墓地时说："师傅，你说的话我都记住了，我会经常来给你烧纸钱和上香。我是你儿子，你是我爸。"

第四十五节

计化龙在美容院边有一套房子，许瑶当天晚上搬了过去。

上床之前，计化龙不好意思地对许瑶说："我还没跟女人上过床呢。"

许瑶没有说话。

上了床后，计化龙歪着身子就睡了。

过了一个月，许瑶发现，每晚上床，计化龙都是屁股朝着她睡，许瑶伸手过去，他触电一样弹开。后来，计化龙搬来一床被子，像蚕一样把身子裹起来。

许瑶想了一整夜，又想了一整夜，接着是整夜整夜睡不着。同时，没有一点食欲，她可以一天不吃东西，可以连着一个星期不吃东西。吃起东西来却停不下，吃得肚子像青蛙一样鼓出来，坐在位置上站不起来，一站起来，脖子一伸，张嘴就吐，却怎么也吐不出来。躺回到床上，无声无息，连呼吸也是若有若无，一躺就是一个星期。

计化龙怕了，他问许瑶："你有什么话要对我说？"

许瑶摇了摇头。

计化龙又犹犹豫豫地问："你是不是对我很失望？"

许瑶又摇摇头。

计化龙说："可是你这样下去会死掉的。"

许瑶连头也不摇了。

计化龙说："有什么话你就对我说，我一定满足你。"

许瑶没有动静。

过了一段时间，有一天，许瑶突然对计化龙开口："我要去化龙美容院当总经理。"

计化龙愣了一下说："这个不行，我的美容院谁也别想插手。"

许瑶说："你给钱，我另开一家美容院。"

计化龙点了点头说："这个行。"

半年之后，许瑶开了一家成凤美容院，自任总经理。

计化龙说："恭喜许瑶，你终于跟我平起平坐了。"

许瑶笑了笑，什么话也不说。

许瑶聘请一个韩国团队，专门做整形。她又去化龙美容院挖人，开的工资是化龙美容院的一倍，外加提成。

计化龙急了："我操你祖宗十八代，许瑶，你想干什么？"

许瑶还是笑了笑，什么话也不说。

许瑶开了成凤美容院后，专门邀请许琼和王万迁来体验。

许琼一见许瑶，惊叫了一声："许瑶，这真的是你吗？"

许瑶笑了笑，说："我现在是成凤美容院的许总。"

许琼说："我指的是你的脸。"

许瑶说："我的脸怎么了？"

许琼说："你的皮肤变白了，眼睛变双眼皮了，鼻梁变高变直了。"

许瑶说："好看吗？"

许琼说："好看。"

许瑶说："好看就好。我就是成凤美容院的最新产品。"

许琼看看王万迁，王万迁笑一笑，说："恭喜许总，听说你的美容院已经超过计化龙。"

许瑶笑了笑说："真的吗？"

王万迁说："许总能把自己当产品，还有什么事情做不成。"

许琼看着许瑶，无论是相貌还是神态，都不是她的双胞胎妹妹了。

许瑶带着许琼和王万迁参观美容院，每个员工看见她，都哈腰叫一声"许总好"，许瑶点一下头，应一声好。

许琼和王万迁走后，许瑶回到办公室，关起门，掴了自己一耳光，问："你妈的脚，许瑶你到底想干什么？"

第四十六节

陈宇宙收到美国纽约大学录取通知书后才告诉陈震东，陈震东看到的是一连串密密麻麻的蚂蚁文字。陈震东说："这些英文你都看得懂？"

陈宇宙说："陈震东，你太小瞧老子了。"

陈震东指着通知书说："你说说，上面什么意思？"

陈宇宙说："上面说：亲爱的陈宇宙先生，祝贺您被美国纽约大学工程学院录取为正式学员，欢迎来我校学习，预祝您顺利完成学业。"

陈震东说："他们真的称你为先生？"

陈宇宙说："美国人的习惯，对十八岁以上的男士称先生。"

陈震东说："美国人就是没文化，按照你这么说，美国到处是先生了？在我们中国，先生可不是随便叫的，得有学问，还要受人尊敬。你看看我们信河街，掰着手指头数一数，有几个配称得上先生？你外公柯无涯教了一辈子书，没有一个人称他先生。你老子拼死拼活做生意，勉强算个成功人士，从来没有人叫一句先生。你倒好，刚考上大学，居然被称为先生。从这一点看，我很怀疑你们这个大学水分太大了。"

陈宇宙说："陈震东，老子平时看你挺开明，没想到你的思想僵化得像块花岗岩。你这种思维怎么做生意？你这种认识怎么可能把生意做大？你应该多读书，要经常跳出来，站在更高的地方看你和你身边的人和事，别整天盯着信河街这个针尖一样小的破地方。老子在美国期间，希望你抽时间去看看，相信对你僵硬的花岗岩脑袋会有开化作用。"

陈震东说："陈宇宙，你居然用这种口气跟你老子说话？"

陈宇宙说："陈震东你记住，你也年轻过，你也是用这种口气跟爷爷说话的。再说，过完十八岁生日那一刻起，老子用的每一分钱都是向你借贷的，白纸黑字放在那里，以后一分钱也不会欠你。也就是从那一刻开始，我们的关系就平等了，你对我可以称老子，我也可以对你称老子。我们扯平了。"

陈震东说不过陈宇宙，回头对柯又绿说："你生了个好儿子啊。"

柯又绿说："陈震东你要记住一句老话，长江后浪推前浪，前浪死在沙滩上，你就是前浪。"

陈震东看看柯又绿，又看看陈宇宙，拍了一下胸脯说："操，你们看看，老子像前浪吗？老子的人生才开始扬帆。柯又绿，睁开你的狗眼看清楚，老子是勇立潮头的生意人陈震东。还有你陈宇宙，不要以为收到一张美国大学录取通知书尾巴就跷起来了，你还不知道路在哪里呢？你的胡须和屌毛都没长完整，有什么资格教训老子？"

柯又绿说："陈震东，你不认输，说明你有斗志。但你要认清现实，儿子这么大了，这就是现实。儿子虽然还不会赚钱，但他有他的长处。"

陈震东看了一眼陈宇宙说:"他有屁长处。"

柯又绿说:"他会英语,你不会。他会电脑,你不会。"

柯又绿戳到陈震东痛处了,他说:"柯铜锣,你到底站在老子这边还是站在陈宇宙那边?"

柯又绿说:"谁对我站在谁一边。"

陈震东说:"柯铜锣,你一开口,老子就知道你屁股坐在哪一边了,你放心,等陈宇宙去美国后,老子再慢慢收拾你。"

陈宇宙去美国前,去向爷爷奶奶辞行。

胡虹一只手拉着陈宇宙,另一只手抹着眼泪和鼻涕说:"宇宙啊,奶奶听说美国在地球的另一端,你去那么远,奶奶想你怎么办?"

陈宇宙说:"奶奶放心,坐飞机只要十三个钟头,想我你就飞过去。"

"你别哄奶奶开心了。"胡虹又抹了一下眼泪和鼻涕说,"你这一去,奶奶怕再也见不到你了。"

柯又绿很不满胡虹的表现,插话说:"妈,你孙子是去美国读书,你别说这样不吉利的话。"

胡虹不理柯又绿,拉着陈宇宙的手继续说:"奶奶昨晚做了个梦,梦见躺在棺材里,出丧的队伍里唯独没你。"

陈震东见胡虹脑子不清楚了,对陈宇宙说:"去跟爷爷道个别。"

陈文化坐在藤椅里,陈宇宙过去蹲在他身边,说:"爷爷,我是陈宇宙。"

陈文化伸手拉住陈宇宙说:"爷爷,你回来了?"

陈宇宙知道陈文化老年痴呆，说出什么话都不奇怪。陈宇宙说："爷爷，我是你孙子陈宇宙，我要去美国了。"

陈文化眼睛眨了眨，挤出两滴眼泪，说："爷爷，你刚从美国回来又要出去？"

陈宇宙说："爷爷，我跟你儿子陈震东签了协议，五年后回来。"

陈文化说："爷爷你骗人，我爸说你再也不会回来了。"

陈宇宙说："爷爷要听奶奶的话，按时吃药，回来后我给你洗澡。"

陈文化说："爷爷你还是不要回来好，回来和我爸一样被拉去枪毙。"

"皇天，陈文化你这个棺材。"胡虹叫了起来，她坐在椅子里，拍着大腿说，"你要么一天到晚不说一句话，一张口说的全是阴森森的鬼话。我上辈子造的是什么孽啊，皇天哟，这日子叫我怎么过啊。"

回去的路上，陈宇宙问陈震东："爷爷的爷爷在美国？"

陈震东说："我也是第一次听你爷爷说他爷爷的事，你爷爷的话可信度不高。"

陈宇宙说："如果爷爷的爷爷真的去过美国，总会留下一些资料，我去找找。"

陈震东说："你去找个屁啊，老子连他叫什么名字都不知道呢。"

临走前，陈宇宙去见柯无涯。

陈宇宙说："外公，我要去美国了。"

"好男儿志在四方。"柯无涯戴着老花镜练毛笔字，他低下头，从镜框上方看着陈宇宙说，"能告诉外公你念什么专业吗？"

陈宇宙说:"计算机专业。"

"外公老朽了,不知道计算机专业是什么专业。"

陈宇宙说:"是一种新兴技术,代表世界未来发展方向,这种技术可以连接并创造出一个虚拟世界。"

"外公真的老朽了,还是没听懂。"柯无涯用手推一下镜框说,"但外公很高兴,这说明你懂得比外公多。"

"外公写的是什么字?我怎么一个也不认识?"陈宇宙把脑袋伸过去。

"这是甲骨文,老祖宗留下的宝贝。"

"外公写的是什么内容呢?"

"外公写的是南宋朝我们信河街一个诗人的诗句,'闲上山来看野水,忽于水底见青山'。"

"听起来很有哲理,是不是说世间事都是闲操蛋?"

第四十七节

陈宇宙去美国后,柯又绿整个人空了。家空了。生活空了。更主要的是精神空了。想念陈宇宙成了柯又绿生活的全部。柯又绿说:"不行啊陈震东,再这样下去,我会疯掉的。"

陈震东说："想念陈宇宙你去美国陪读啊。"

柯又绿说："我是想去，可我去那边是个哑巴。"

"哑巴怎么了？不开口在美国照样生活得好好的。"陈震东说，"柯又绿，你对自己要有信心。"

柯又绿说："陈震东，你别站着说话不腰疼好不好？有本事你去美国，看你能不能生活得好好的。"

陈震东说："你等着，老子闲下来一定去趟美国，不会ABC照样把美国玩得团团转。"

过了一个星期，柯又绿又说："真的不行啊陈震东，整天闲得像空气，我都想拿把菜刀杀个人了。"

陈震东说："你要是实在闲得蛋疼，就去社区做义工，别麻雀一样瞎嚷嚷。"

柯又绿说："陈震东，在你眼里，除了到社区做义工，我难道没有其他作用了吗？不行，我想回公司上班，我想当副总经理。"

"他妈的柯铜锣，想回公司上班你就明说，不要拐弯抹角。"陈震东停顿一下，"但你别想当副总经理，你屁职务也没有。"

柯又绿说："这不公平，你可以当总经理，为什么我不能当副总经理。"

陈震东说："你傻呀你，老子是公司老板，你是老板娘，什么职务不要，你就是第二号人物。副总经理是给外人当的，他们要为公司拼命。"

柯又绿想了想，觉得陈震东说得有道理，她说："不当副总经理也可以，我要去公司财务室。"

"柯铜锣，你这点小心思谁还看不明白？"陈震东笑了笑说，"老子以后一分私房钱也存不起来了。"

见陈震东这么说，柯又绿也笑起来："陈震东，你要是光明磊落，就不怕我监督。"

柯又绿上班一段时间，李铁和陈铜找到她。

陈震东接收了李铁和陈铜后，安排他们在西角多美丽服装公司车间上班。车间三班倒，为赶订单经常加班，李铁和陈铜觉得太辛苦，想换轻松一点的岗位。找了陈震东，陈震东只说知道了，没有下文。他们找了胡虹，被胡虹臭骂了一顿，说他们好吃懒做，不想做就滚蛋。李铁和陈铜找到柯又绿，低着头，双手笔直挂在两腿外侧，李铁恭恭敬敬叫一声："老板娘好。"

"老板娘好。"陈铜也跟着叫一声。

柯又绿看看李铁，又看看陈铜，说："我好像在哪里见过你们？"

"我叫李铁，是师傅得意徒弟。"

"我叫陈铜，我不是师傅得意徒弟。"

李铁说："我们参加过老板娘和董事长婚宴。"

"我们喝了一瓶五粮液。"陈铜说。

李铁踢了陈铜一脚说："一瓶五粮液一桌人喝，我们只喝一点。"

"对，我们只喝一点。"陈铜说。

柯又绿笑着说："我想起来了，你们找我有什么事？"

李铁说:"我们知道老板娘最体贴员工了。"

"大家都说老板娘人好。"陈铜说。

柯又绿说:"别给我戴高帽,有事直说。"

李铁说:"我们今天来想求老板娘一件事。"

"我们知道老板娘肯定会帮助我们的。"陈铜说。

李铁说:"我们也愿意在车间工作,车间有加班,可以多拿工资。"

"我们喜欢车间。"陈铜说。

李铁说:"但车间是三班倒,我们不能每天准时去给师傅洗澡。"

"对,我们不能准时给师傅洗澡。"陈铜说。

柯又绿说:"难得你们一片孝心。"

李铁说:"如果把我们调去管仓库,我们可以拿出更多时间给师傅洗澡。"

"师傅会更干净。"陈铜说。

柯又绿说:"这是好事,我一定跟董事长说。"

李铁说:"全靠老板娘了。"

"我们以后就是老板娘的人了。"陈铜说。

李铁说:"老板娘叫我们干啥我们就干啥。"

"叫我们杀人我们就去杀人。"陈铜说。

李铁又踢了他一脚。

那天晚上回家,柯又绿把李铁和陈铜的事跟陈震东说了。

陈震东说:"那是两个懒货,你别管。"

柯又绿说："他们找到我这里，我当然得管。"

陈震东说："柯又绿，你手也伸得太长了吧？"

柯又绿说："我答应他们了，如果办不到，还算什么老板娘？"

陈震东说："柯铜锣，你几十岁的人了，怎么还是小孩子脾气？"

柯又绿说："我不管，你得把他们调到仓库去。"

李铁和陈铜调到仓库的时候，陈震东刚刚成立一家房地产开发公司，参加一块土地招投标，没时间每天去给陈文化洗澡。柯又绿说："陈震东，你放心去投标，李铁和陈铜每天下午准时去给你爸洗澡。"

陈震东不放心，隔一天去看陈文化，胡虹说李铁和陈铜刚走。陈震东把鼻子伸到陈文化身上嗅，闻到牛奶沐浴露的味道。胡虹说："你爸那两个废铜烂铁徒弟不是什么好东西。鬼鬼祟祟，探头探脑，眼睛像老鼠，走路没声音。"

陈震东说："我对他们也不放心。"

胡虹说："但对你爸的好是真心，这从他们给你爸洗澡看得出来。他们洗一下，你爸就打他们一巴掌，连我都看不下去了，他们还是笑嘻嘻的，主动把脸递给你爸打。"

陈震东说："只要对我爸好，我就不会亏待他们。"

第四十八节

篮生读高中后，一直说睡不够。

刘发展说："一定是篮生读书太用功了，篮生要劳逸结合。"

每个周末回家，刘发展炖辽参给篮生补身子。

高二的一个周末，篮生回家，半眯着眼睛说："刘发展，篮生头痛。"

刘发展马上捧着篮生的脑袋说："怎么了篮生？"

篮生指指太阳穴："针扎一样疼。"

刘发展带篮生去信河街人民医院看急诊。急诊医师马上将篮生转到肾内科，肾内科医师检查后告诉刘发展，刘篮生得的是硬化性肾小球肾炎，也就是尿毒症。刘发展大叫一声这不可能。

刘发展问医师是不是查错了，医师说你不相信可以再查一次。刘发展带着篮生再查一次，医师告诉刘发展，还是尿毒症。

篮生立即转到肾脏中心住院部。

刘发展安顿好篮生后，到走廊给李美丽打电话。李美丽和黄丽君一起赶到医院。

李美丽说："狗生的刘发展，我问你，你是怎么带篮生的？"

刘发展蹲在走廊，眼睛看着对面的空白墙壁。

黄丽君说："篮生得这种病，怎么能怪刘发展呢。"

"不怪他怪谁？"李美丽指着刘发展说，"平时都是他照顾篮生，出了问题他就要负责。"

刘发展缓缓站起来，看了李美丽和黄丽君一眼，轻轻说："医师说，现在有两种方法能救篮生：一种是透析，一种是换肾。透析有血液透析和腹膜透析，靠这两种手段，篮生可以活十几年。换肾就是找到匹配的肾源，人一般有两个肾，割一个给篮生，篮生的生命就有保障，但篮生这辈子都不能当妈妈了。"

李美丽说："不当妈妈就不当妈妈，活命最要紧，当然选换肾。"

"换肾最大的问题是找到匹配肾源。"刘发展说，"我跟医师说了，我可以做肾源配型。"

李美丽说："我也去做。"

黄丽君说："我也去。"

他们三人一起验了血。结果一出来，刘发展哇一声就哭了。刘发展说："医师，求你再做一次，如果配得上，我自己动手把肾割下来给篮生。"

医师告诉刘发展，他的血型是 AB 型，篮生是 O 型。他自己割了也是白割，根本不兼容。

李美丽和黄丽君都可以。

李美丽和黄丽君都愿意割一个肾给篮生。

结果出来那个晚上，黄丽君把刘发展和李美丽约到医师会议室。

黄丽君对刘发展和李美丽说："想来想去，我的肾不能捐，一捐等于告诉别人，篮生是我的私生女。"

刘发展和李美丽看着她，都没有开口。

黄丽君说："肾让美丽姐姐捐，手术费用由我付。"

刘发展看看黄丽君，又看看李美丽。

李美丽笑了笑，说："肾我捐，手术费用也由我付。"

黄丽君说："要二十来万。"

李美丽看了刘发展一眼，说："篮生是我和刘发展的女儿，不要说一个肾，就是两个肾我也割给她。"

刘发展说："钱的问题我会想办法，不要说二十万，就是两百万，我也有办法。"

黄丽君看着刘发展和李美丽说："我没有别的意思。"

刘发展说："我早就说过，你跟我们不是一个世界的人。"

李美丽说："篮生是我和刘发展的女儿，我们不能要你的钱。"

黄丽君说："我希望你们理解我的难处。"

刘发展说："你从天上来，还回天上去。"

李美丽说："算我李美丽瞎了狗眼，看错了人。"

说完后，李美丽拉着刘发展，离开了医师会议室。

换肾之前，篮生说："刘发展，篮生怕。"

刘发展说："篮生不怕，刘发展在这里。"

"篮生不是怕自己，篮生是怕李美丽捐了一个肾，影响以后生活。"

刘发展说："别担心，刘发展问过医师了，李美丽以后的生活不会有影响。"

"篮生怕欠刘发展和李美丽太多，这辈子还不清。"

刘发展说："篮生不说这样的话，篮生是刘发展和李美丽的女儿，刘发展和李美丽是篮生的爸妈，我们之间不存在谁欠谁的问题。"

"刘发展和李美丽对篮生太好了，可篮生却不能好好报答你们。"

刘发展说："我们不说报答的话，有篮生这样的女儿，这辈子就值了。"

"下辈子让篮生来当刘发展和李美丽的爸妈，让篮生好好爱你们。"

刘发展强忍着眼泪，离开病房，快步走到走廊尽头，趴在窗口放声大哭。

换肾当天，刘发展眼眶红红的。李美丽说："狗生的刘发展，我要进手术室了，你就不能给我个笑脸吗？"

"李美丽，进手术室的应该是我，为什么偏偏是你呢？"

李美丽说："你是我们家顶梁柱，是总指挥，冲锋陷阵的小事交给我。"

刘发展说："李美丽你听好了，我很庆幸当年娶了你，下辈子我还娶你。还有一点你给我记住，从今往后，我刘发展就是你的拐杖，你叫我去哪里我就去哪里。"

"我记住了。"李美丽的眼眶也红起来，说，"你说话要算数。"

时间到了。篮生和李美丽在手术室门口等着。

李美丽先进手术室。篮生拉着她的手说:"李美丽,紧张吗?"

李美丽说:"有一点,但一想到我的肾要在篮生身体里工作,我就不紧张了。"

"李美丽,篮生有个请求。"

"篮生想说什么?"

"篮生能不能叫你一声'妈妈'?"

"当然可以。"

"妈妈。"

"哎,篮生,妈妈进去了。"

"妈妈要坚强。"

"篮生也要坚强。"

一个多钟头后,篮生也进了手术室。刘发展在手术室外走来走去。

手术从早上七点半一直做到下午一点半。刘发展一直在手术室门口绕来绕去。

手术室的门推开,李美丽和篮生并排推出来,刘发展什么话也说不出来,看了她们一眼,眼泪唰唰地流。

篮生和李美丽安排在一个病房,篮生醒来后,看见隔壁床的李美丽。篮生还没力气说话,李美丽也没力气说话。篮生伸出右手,李美丽伸出左手,两只手穿过短暂而又漫长的距离,握在一起。

李美丽和篮生出院后,篮生去学校上课,李美丽去人事局上班。刘发展还是每天守着中介所,空闲时间想着篮生和李美丽,他脑子里浮现出篮生和李美丽被推出手术室的画面，这个画面一出现，刘发展的鼻子发酸、眼眶发红。刘发展对自己说：他妈的刘发展，你有点出息好不好，别动不动就哭哭啼啼，你要坚强，要比别的男人更坚强，家里现在有两个病人，你要担负起责任，你必须担负起责任，不能让她们受委屈，更不能让她们受伤害。

可是，篮生生病的事，对刘发展冲击很大。篮生生病前，刘发展觉得世界是坚实的，他对这个世界是有把握的。篮生生病后，刘发展觉得世界变虚幻了，很多事情超出他的把握能力。这也导致了他的担心，他原来很喜欢接电话，特别是篮生的电话，每接一次电话他可以快乐半天。他现在既想接篮生的电话又怕接篮生的电话，想接是比以前更牵挂篮生，怕接是担心篮生来电会有不好的消息。

刘发展觉得生活将会发生不可预料的变化，而他对这种变化无能为力。刘发展每天提心吊胆，背一下子就驼了，比原来老了十岁。

一个月后，李美丽下班回家，说："刘发展，我把人事局工作辞了。"

刘发展愣了一下，说："是黄丽君的原因吗？"

"跟黄丽君没有关系，她对我比以前更客气，要推荐我竞争处长岗位。"李美丽看着刘发展说，"我不想跟黄丽君待在一起了，她连亲生的女儿都不爱，不可能对其他人好。我的身份和职位是她给的，我不愿意欠她债，还给她就两清了。"

刘发展思考了一下，说："离开也好，那地方本来就不是我们待的。"

李美丽说："我离开跟篮生倒有很大关系。"

"篮生叫你离开？"

"篮生没有叫我离开。"李美丽说，"但是，刘发展你想想看，接下来篮生每年吃药就要五万元，光靠我那点工资不行啊。"

刘发展说："钱的事情我会想办法。"

"篮生这样的身体，我们得为她早铺后路，得想办法多赚些钱。"

刘发展脑子里又浮现出篮生和李美丽被推出手术室的画面，他咬了咬嘴唇，说："李美丽，你对篮生比我还好。这点我要向你学习。"

"学习个屁呀，篮生是我们的女儿嘛。我们养了这么多年，亲生不亲生已经没关系。篮生身体出毛病，而我又刚好帮得上忙，篮生叫我一声妈，我做什么都值了。"

"你这么想，我真为篮生高兴。篮生有一个全天下最好的妈。"刘发展停了一下，看着李美丽说，"你还去五路公交车当售票员吗？"

"还当什么售票员啊？我要做生意。"

刘发展说："你想做什么生意？"

"我开了一家房屋交易公司。"

"你开了家公司？你居然先斩后奏？"刘发展惊讶地说，"李美丽，做房子买卖，我们哪里来那么多钱？"

"刘发展，实话告诉你，这两年我瞒着你炒楼，赚了一些钱，可以做启动资金。我已经跟陈震东谈好，他公司建的房子都放我这里卖。"

"李美丽，你真是造反了，居然瞒着我做生意存私房钱。"

李美丽笑着说："刘发展，你答应从今往后做我的拐杖，你说话要算数。"

刘发展说:"李美丽,你根本没把我这个老公放在眼里。"

李美丽说:"刘发展,你定位要清楚,你的角色是拐杖,我想怎样就怎样,你只有服从,不能发出不同声音。"

"我刘发展这辈子落到你手里算是完蛋了。"

第四十九节

丁香芹告诉霍军,伍大卫减刑了,很快能出来。

霍军说:"太好了,我很高兴。"

丁香芹:"这是你的真心话吗?"

"丁香芹你记住,我跟你说的每一句话都是真心的,"霍军说,"伍大卫出来,再也没人敢欺负你了。"

丁香芹说:"你会离开我吗?"

霍军看着丁香芹说:"你和伍大卫会赶我走吗?"

丁香芹说:"我真是欠你太多。"

霍军说:"你对我不存在欠的问题,我为你做所有事都是心甘情愿,如果不愿意,拿刀架在我脖子上也没用。"

半年后,霍军和丁香芹去十里亭接伍大卫。伍大卫比进去前大了一圈，肌肉更加结实了，可以看出来，他在监狱里一天也没闲着。

看见丁香芹扑进伍大卫怀里，像白糖溶化进豆浆，霍军听见脑子里嘭嘭嘭的声音。他这时突然明白，为什么他不能跟丁香芹睡觉，因为现实隔着一个伍大卫。对霍军来说，伍大卫就是隔在他和丁香芹之间的珠穆朗玛峰，只要伍大卫还活着，他和丁香芹的身体就不可能结合在一起。霍军一直在心里恨伍大卫，他心里那把尖刀随时为伍大卫准备。可是，只要丁香芹在世一天，他不可能动伍大卫一根手指头。

伍大卫没有赶霍军走。丁香芹没有赶霍军走。霍军也没有提出离开。三个人住在早餐店后面的房子里，相安无事。

霍军依然每天早上三点多起床，糯米饭和豆浆都准备妥当后，丁香芹才起来，梳洗完毕后，第一批客人就来了。一直忙到上午十一点钟。三个人一起吃完午饭，霍军回房间午睡，他一般只眯半个钟头，然后出门去。霍军以前出门不多，伍大卫回来后，他每天下午出去。如果晚上不回来吃饭，他会给丁香芹打一个电话。丁香芹都不知道他晚上什么时候回来。丁香芹问他："你最近在忙些什么？"

霍军说："帮朋友做点事情。"

"是不是跟朋友做生意？"

霍军点点头说："也算吧。"

"本钱够吗？需要本钱跟我说。"

霍军笑笑说："够的，那生意不需要什么本钱。"

伍大卫不插手早餐店的事。天蒙蒙亮就起床，打拳，练哑铃，做俯卧撑。冲完澡后，去前面早餐店吃一碗糯米饭、一碗豆浆。吃完后，伍大卫抹抹嘴巴，照例到码头走一圈。伍大卫背着双手，一步一晃走在码头上。回来后对丁香芹说："狗生的，踱了一圈，没一个人跟老子打招呼。"

丁香芹说："可能时间太早了。"

伍大卫说："早个屁，老子坐了几年牢，落伍了。"

第五十节

王万迁说："我们去办个结婚证吧？"

许琼说："你觉得办证有意义？"

王万迁说："办证后，我们才是合法夫妻，凤尾鱼公司有一半资产是你的。"

许琼想了想，摇摇头说："我不想办结婚证。"

"你还在赌气吗？"

许琼说："我真没赌气，我是想明白了，那一纸证书根本起不了保障作用，如果哪一天我们不想在一起，结婚证马上可以变成离婚证，我们要那个麻烦做什么？"

"好吧，"王万迁说，"你不想领证，我们去办个公证。"

许琼跟王万迁去公证处，王万迁把公司的财产做了公证，他和许琼各一半。

过了一段时间，王万迁说："我们生个孩子吧。"

许琼说："你不是不要孩子吗？"

"我从来没有不要孩子。"

许琼说："行，你说要咱们就要。"

当天晚上他们开始行动。上床时，王万迁对许琼说："我不戴套了哈。"

许琼说："如果戴得很舒服，你可以将套子前面戳个洞。"

王万迁说："我决定不戴了。"

事情结束后，王万迁问许琼："你的环拿下了吗？"

许琼说："妈的个卵，我忘了拿环了。"

王万迁有点灰心，但还是安慰许琼："没事，明天记得就行。"

第二天晚上，王万迁上床前问许琼："环拿下了吧？"

许琼说："你放心吧，拿下了。"

王万迁态度很认真，简直是一丝不苟。每一个环节都是精心设计，该缓慢的地方缓慢，该快速的地方快速。有时细细盘旋，有时突飞猛进。许琼说："王万迁，你居然深藏不露，原来这么厉害。"

王万迁收工后，许琼突然骂了一声"妈的个卵"。王万迁连忙问怎么了？许琼说："今天虽然停了吃避孕药，但药期还没过。"

王万迁看着许琼说："你什么意思？是不是故意的？"

许琼摊了摊手说："我也想要个孩子，我真的不是故意的。"

王万迁看看许琼，说："没关系，咱们等药期过了再做。"

药期过去后，王万迁和许琼努力造人。一个月，两个月，三个月。半年，一年。许琼的肚子没动静。

他们一起去信河街人民医院做检查，没查出问题。

许琼说："妈的个卵，不想要时碰一下就怀上，想要时反倒新鲜起来了。"

王万迁安慰说："你我都没问题，咱们再试试，一定能怀上。"

他们又试了半年，许琼还是没怀上。连一点迹象也没有。

许琼对王万迁说："妈的个卵，我们以前做人流做太多，现在报应了。"

王万迁说："不急，我们再试试，我相信一定能怀上。"

许琼说："我早应该想到，这种事做多了会有报应的。"

王万迁抱住许琼说："不会的，许琼你不要这么想。"

许琼说："一次一次人流，流一次就是一条生命，不报应才怪呢。"

王万迁轻轻拍着她的背说："咱们一定能怀上的，你相信我，一定能。"

许琼大声哭起来："都是从我身体里剐下来的肉，我梦里听见他们的哭声。"

王万迁说："许琼，我们不说这事了，我们不说了。"

许琼说："他们哭着问我，你为什么不要我们？为什么？"

王万迁说:"许琼,咱们真不说了。"

"他们说,你不要我们,我们也不要你。"许琼说,"王万迁你看看,现在咱们真的遭报应了。"

第五十一节

只要计化龙美容院卖得好的化妆品,许瑶会不计成本签下总代理。签了总代理,计化龙就不能卖了。

计化龙找到许瑶:"我们名义上还是夫妻,你把我弄死,自己半条命也没了,有你这样做生意的吗?"

许瑶看着计化龙笑。

"我发现你变了。你不是以前的许瑶了。你从前安静平和,与世无争,现在变成了一个疯子,一个整天面带微笑的疯子。"计化龙跺着脚问,"你到底想干什么?"

无论计化龙怎么说,许瑶不回话。

有一天,许琼来找许瑶:"听说你在放高利贷?"

许瑶看了她一眼。

许琼说:"我听人说你放了很多高利贷,很多人把钱存你这里,很多人找你贷款。我来之前专门问过刘发展,你这么做是违法的,你开的是担保公司，不是银行，担保公司是不能吸存和放贷的。"

许瑶笑了笑。

许琼说："如果你还认我这个姐姐，听我一句，赶快收手。"

许瑶还是笑笑。

第五十二节

陈震东靠在床上，跷着二郎腿说："年纪大了，老子开始迷信了。"

柯又绿说："你昨晚遇见鬼啦？"

"你他妈才遇见鬼呢。"陈震东说，"你不觉得房地产生意太好做吗？赚钱过于容易吗？开发一个楼盘，销售许可证还没拿到手，房子已被抢购一空，每天排队争着交预付款。从来没见过这种怪现象啊。"

柯又绿说："每天看着账户里的数字往上加，多爽啊。"

"自做生意以来，场面越做越大，钱越赚越多，多到懒得知道账户里有多少钱。所以啊，老子就在想，为什么有这么好的狗屎运，是不是祖上积了什么阴德？"陈震东歪头看着柯又绿，接着又顾自说下去，"仔细一想，跟祖上没什么毛关系，那么多做房地产的人都赚钱了，一个比一个赚得多，难道他们祖上都积了阴德？不可能嘛。"

柯又绿说："听说李美丽也赚大钱了？"

"李美丽靠的是死胆大。"陈震东说，"她除了做中介，还炒楼。别人买一套两套，最多三套五套，她买的是一层或者一幢，低价买进高价抛出。"

"李美丽能对篮生那么好，她绝对不是一个坏人。"柯又绿说，"当然还有刘发展，你说过，当年你为了开多美丽服装店，组了一个互助会，第一个找的就是刘发展。这个恩情我们要记住。"

"柯又绿，你这么说我真的很高兴，比赚一千万还高兴。"陈震东停了一下，接着说，"可我有一种担心。"

"你担心什么？"

"我担心生意太好做了，钱太好赚了。"

"陈震东，你脑子进水了？生意好做、钱好赚不好吗？"

"我担心不能长久。"

"你想收手？"

"想收也收不住啊。"陈震东晃了一下二郎腿说，"明明看见前面有一大堆金子可以拿，谁有勇气转身走开呢？"

第五十三节

有一天，陈震东说："柯又绿，我要去趟美国了。"

"去看陈宇宙？"

陈震东说："美国纽约一个机构来信河街组织投资考察团，问我要不要去？我本来没想去，后来一想，陈宇宙不是在纽约吗？他不是让我的花岗岩脑袋开窍一下吗？你不是说我不敢去美国吗？老子刚好借这个机会证明给你们看，顺便看看美国到底有什么了不起。我算了一笔账，单独出去一趟要五万元，跟团出去只要一万多。还是蛮合算的。"

"陈震东，我是陈宇宙的妈妈，你为什么不带我一起去？"

陈震东说："一个人看和两个人看有什么区别？该花钱的地方大方花，不该花钱的地方我一分钱也不花。"

"陈震东，你以后一定会变成守财奴。"

"老子现在已经是了。"

美国移民投资，主要是办公司和买房子。陈震东没想过移民美国，连离开信河街的念头都没有。他跟考察团走了两天，发现美国的房子比信河街便宜，一幢三百五十平方米的别墅，前后带花园，不到五百万人民币。在信河街，这样的别墅最少一千万。但是，再便宜的房子也勾不起陈震东的购买欲望，他只有感叹，美国不是号称世界第一经济体吗？叫奥巴马到信河街看看，老奥一定会感叹，信河街才是世界第一经济体，美国能不能挤进前三很难说。

陈震东还在商场见到多美丽服装公司贴牌生产的美国运动服，他生产一件四十元人民币，到了这里，标价四十美元。陈震东心里说，他妈的，老子辛辛苦苦做一件衣服，赚不了几个钱，到这里一挂，价格居然翻了这么多倍，同样是人，老子为什么显得不值钱？

陈震东决定去看陈宇宙。他给陈宇宙打电话，陈宇宙说要来接他，因为陈宇宙就读的纽约大学在南边，陈震东跟随的考察团在北边，从陈震东住的酒店到纽约大学，要跨过哈得孙河，转三趟地铁。陈震东在电话里摆摆手，叫陈宇宙在纽约大学门口等就行，他能走。

陈震东根本没想坐地铁，他让酒店会中文的服务生叫一辆出租车。

陈震东按照约定时间下楼，坐进出租车，司机对他哈喽，他伸出两指，朝前一挥，说一声发射。

司机路上跟陈震东说过两句话，陈震东都用中文回答。他听不懂人家说什么，人家也听不懂他的。打个平手。出租车开了一个钟头，司机把车靠在路边，看着陈震东，很严肃地跟他说了一句话。陈震东还是没听懂，他终于有点心慌，这个外国人到底要干什么呢？光天化日之下不会敲竹杠吧？但陈震东不愧是陈震东，他脑子一转，马上猜出司机说什么，他一定是问去纽约大学哪个门？糟糕，陈震东也没有问陈宇宙是哪个门。陈震东毕竟见过世面，他脑子转了一下，自己来的方向自北而南，最近的应该是北门。问题是陈宇宙会在北门等吗？陈震东觉得真正考验陈宇宙智商的时候到了，他老子已经想到这一点，如果他没有想到，说明在美国这几年的钱白花了。这么想后，陈震东对司机伸出左手，说，纸，又伸出右手，拇指和食指捏在一起，说，笔。司机听懂了，马上把笔和纸拿给陈震东。陈震东在纸上画了一扇门，在边上画一个十字，写上东、西、南、北，将上面的北圈起来，画一个箭头拉到那扇门。司机看了连连点头说，哦开哦开。

出租车到了北门，陈宇宙已经在那里等了。陈震东心里想，果然是亲生的儿子，看来美国的书没把他读傻。他给了司机一百美元，司机给他找零钱，他大方地挥挥手，跟司机拜拜。陈宇宙说："陈震东，还有二十美元，你不要了？"

陈震东说："美国不是有给小费的习惯吗？"

陈宇宙说："二十美元在美国可是大钱。"

陈震东摆摆手说："老子代表中国大方一回。"

陈宇宙带陈震东参观校园。走着走着，陈震东就说："不对呀，陈宇宙。"

陈宇宙说："哪里不对了？"

"你看你们的校园，车来车往，人来人去，一点不像校园。"陈震东说，"你看我们信河街大学，校门口有一对巨大的石狮子，门口站着笔直的保安，学校四周用围墙围起来，每一幢楼的造型和颜色都差不多。一看就知道是学校。"

"美国的大学都没有围墙，大学是开放的，分散在居民区。"陈宇宙反问他说，"你觉得这两种形式谁好？"

陈震东想了一下，喃喃地说："大学没个大学的样，还读个什么鸟？"

晚上，陈宇宙请陈震东吃麦当劳。

陈震东感叹说："到美国后，才知道柯又绿做的江蟹和对虾是天下最好吃的美食。老子现在就想飞回信河街，吃柯又绿做的美食。"

陈宇宙说:"你多吃一段时间就会习惯的。"

"打死也不会习惯,也没法习惯。所有东西都是烤箱里烤出来的,一点变化没有,连大小都一样。"陈震东说,"你看看我们信河街的饭菜,每一次都不一样,每一个人烧也不一样,中午和晚上烧不一样,心情好和心情差烧也不一样。那才是艺术,那才是生活。"

吃完麦当劳,陈宇宙说:"陈震东,你还想去什么地方走走吗?"

"不走了,什么地方也不想看。"陈震东说,"回你租的小公寓睡一觉,明天就回信河街。这地方老子一天也待不下去了。"

陈震东很早就躺下了。陈宇宙继续工作,他所谓工作就是玩电脑,他对陈震东说:"在美国,这叫互联网,以后的世界就是互联网世界。"

陈震东没有接话。他听不懂陈宇宙说什么。他在心里说,你网你的,老子睡老子的,井水不犯河水。

第二天醒来,陈宇宙还在睡懒觉。陈震东打开冰箱,空空荡荡。陈震东记起公寓楼下有面包店,决定亲自去买面包。

陈震东到了面包店。店员跟他哈喽了一声,他也哈喽一声,然后专注看架上的面包。陈震东很快就数清楚,架上一共有十二种面包,他不知道哪种面包合自己口味,拿一个大袋子,将十二种面包全部买来。

回到公寓后,陈震东将十二种面包并排摆在桌面上,每个面包做上编号,每个试吃一小口。陈震东把十二种面包试吃了一遍,觉得第五个编号勉强能够接受,于是,他又下楼去买五个第五编号的面包。

陈宇宙起床后,看见一桌面包,说:"陈震东,你想在美国开面包店?"

陈震东说："老子只想试试它们的味道。"

"试味道你不会一种一种买，你一下子买这么多，不是浪费吗？"

"你觉得这是浪费？"陈震东拿着面包，看着陈宇宙说，"这是老子做几十年生意总结出来的宝贵经验。你是亲生儿子，老子才告诉你。如果一种一种试，每种买五个，得买六十个。老子一次性买来十二个，只花五分之一成本就找到中意的面包，这么一算，老子是不是赚了？"

陈震东在美国待了不到十天，迫不及待飞回信河街。下飞机后，第一件事就是打电话："柯又绿，老子想吃江蟹和对虾。"

回到别墅后，柯又绿早把江蟹和对虾准备好了。陈震东吃完后，柯又绿问他："见到陈宇宙了吗？"

陈震东说："见到了。"

柯又绿问："陈宇宙怎么样？"

陈震东说："比以前高了也比以前胖了。"

柯又绿问："陈宇宙有没有说想我了？"

陈震东说："陈宇宙没有说。"

柯又绿一听就哭起来了："狗生的，我肚子白疼了，我没日没夜想他，他居然一点也没想我。"

第五十四节

刘发展说："李美丽你没读过大学是吗？"

"刘发展，你为什么明知故问？是为了羞辱我吗？"

刘发展说："你没读过大学，现在照样赚了大钱是不是？"

"刘发展，你不要挖苦我。你不也没读过大学吗？"

"是啊。"刘发展说，"我们都没读过大学，篮生也可以不读大学。"

"狗生的刘发展，你绕了半天是为了篮生啊。"

"我担心篮生的身体。"

"刘发展，你能不能关心一下我的身体？我只剩下一个肾了。"

刘发展说："我当然关心你的身体，你把一个肾给了篮生后，我更关心了。"

"刘发展，自从有了篮生，你把全部的爱转移到篮生身上去了。开口是篮生，闭口是篮生，一点没把我放在眼里，你没觉得这种行为很过分吗？"

刘发展说："我对篮生好，她还是个孩子。我也知道你对篮生好，只是不说出来而已，你如果不爱篮生，怎么会把肾割给她呢？"

"刘发展，你别给我戴高帽了，你要记住自己的话，当我一辈子拐杖。"

"你放心，我这辈子都不会忘记。从那一刻开始，我对自己说，刘发展，你如果还算个男人的话，一定要保护好李美丽和篮生，不让她们受一点点委屈。"

"刘发展，你这么说我很开心。"李美丽看着他说，"你有没有发现，自从篮生来我们家以后，你的感情变得外露了，你以前有话埋在心里，现在动不动想流泪，什么肉麻的话都可以从你嘴里流出来。"

刘发展说："我确实不放心篮生的身体，每天提心吊胆。"

"既然不放心，你让篮生别读算了，咱们现在不缺吃不缺穿。"李美丽说，"你说不读就不读，篮生听你的话。"

刘发展跟篮生说："篮生，这书咱们不读了。"

篮生一听就哭了，说："刘发展不让篮生读书了吗？"

刘发展说："不是不让篮生读，而是看见篮生读书太辛苦，刘发展心疼。"

"篮生不辛苦，篮生觉得读书是一件很幸福的事。篮生一定要考上大学，篮生要读大学的法律系，以后当律师。"

刘发展一听眼眶就红了，说："篮生是为刘发展读书吗？"

"篮生要实现刘发展的愿望，刘发展的愿望也是篮生的愿望。"

"篮生有这份心就够了。"

"篮生还要带刘发展一起去读大学。"

刘发展心软了，说："篮生身体真的没问题？"

"没问题，篮生身体里有李美丽的力量，壮得像头牛。"

刘发展说："好吧，篮生一定要劳逸结合。"

离高考还有三个月，篮生的身体出状况了。

先是腿和手相继水肿，紧接着尿血。

送到信河街人民医院，医师说要做透析。做过透析后，篮生身体里各项指标才慢慢恢复正常。刘发展这时下了决心，不让篮生参加高考了。篮生又哭了："刘发展，篮生身体真的没问题，篮生想考大学。"

刘发展说："刘发展只要篮生，什么大学也不要。"

"可是篮生想上大学。篮生也想让刘发展上大学。"

刘发展这次铁了心，不让篮生参加高考了。

篮生去找李美丽："篮生现在和李美丽是一个人了。"

李美丽看着她说："篮生有话直接说，不要学刘发展拐弯抹角那一套。"

"篮生的身体和李美丽的身体结合在一起，篮生的心也和李美丽的心结合在一起。李美丽想什么篮生马上就能知道，篮生想什么李美丽也明白。"

李美丽说："我知道刘发展不想让你参加高考是为你好。"

"李美丽应该知道，篮生现在的身体参加高考没问题，上大学也没问题。"

李美丽说："刘发展是不放心你。他太爱你了。"

"篮生知道刘发展为篮生好，但篮生更想帮刘发展实现上大学的愿望，帮他实现当律师的愿望，这样才不辜负刘发展对篮生好。"

李美丽说："这话篮生对刘发展说去。"

"篮生把所有话都说了，刘发展还是不肯。"

李美丽："篮生想让我去做刘发展的工作。"

"篮生相信李美丽。"

"你错了，篮生。"李美丽说，"我不会替你向刘发展说情。"

"李美丽为什么不愿意出面替篮生说情呢？"

李美丽说："如果因为我的说情，刘发展同意让你参加高考，让你上了大学，以后万一你的身体出问题，刘发展会把我吃掉。这样的事情我李美丽不做。"

"这么说，李美丽是不愿意替篮生去找刘发展了？"

李美丽说："你们父女的事我不参与。"

"李美丽不愿意去找刘发展篮生不会有意见，因为篮生身体里有一个李美丽的肾。篮生知道那个肾对篮生很好，一想到那个肾，篮生就想到李美丽。"

"狗生的篮生，被你这么一说，我李美丽如果再不去找刘发展，显得太没人性了是不是？"

"篮生知道李美丽对篮生好。"

李美丽去找了刘发展后，对篮生说："不行啊篮生，我找了刘发展，他说这事没有商量的余地。"

"你说了篮生的身体了吗？"

"刘发展说，如果身体没问题，为什么突然出现水肿和尿血？既然有第一次，谁能保证没有第二次？刘发展这么一说，就把我的嘴封住了。"李美丽说，"我看刘发展这次真是铁了心了。"

篮生知道说不动刘发展了。刘发展不让篮生去学校，把篮生关在家里，刘发展也不去中介所，在家陪篮生。篮生的反抗就是不吃饭。

篮生绝食第三天，黄丽君来找刘发展。

刘发展说："你来做什么？"

黄丽君说："我来跟你说说篮生的事。"

"篮生的事跟你没关系。"

黄丽君说："我知道对不起篮生，更对不起你和李美丽，但我还是要来。"

"你想说什么呢？"刘发展说，"对于篮生，你没有任何发言资本。"

黄丽君说："我知道，但还是想跟你说一句话。"

"什么话你赶快说，说完赶快走。"

黄丽君说："我觉得你应该让篮生参加高考，按照她的意愿去规划人生。篮生从你这里得到太多的爱，篮生必须用她的方式来回报，我觉得这样的爱才是对等的。如果你阻止篮生参加高考，等于阻止了她对你的爱，这种阻止对篮生来说是不公平的，对你也不公平。"

刘发展看着黄丽君说："篮生去找过你？"

"没有。"黄丽君说，"但我一直关注你们的一举一动。"

刘发展说："你让我再想想。"

黄丽君说:"刘发展,我向你保证,万一篮生还需要一个肾,我一定会自己割一个下来给她。我不会犯第二次错误。"

三个月后,篮生顺利考上了大学。按照篮生的成绩,可以读上海大学法律系,篮生选择了信河街大学法学院。

开学后,法学院多了一个名字叫刘发展的旁听生。刚开始刘发展还有点犹豫,李美丽说:"刘发展,你的理想不是当个律师吗?现在机会来了。"

刘发展没有吱声。

李美丽接着说:"刘发展,你放心让篮生一个人在大学里?"

刘发展心动了,想了想,说:"我去读书中介所怎么办?"

李美丽说:"你如果考了律师证还要狗屁的中介所干什么?"

"也是。"刘发展点点头,看着李美丽说,"他妈的李美丽,老子活着活着又回去了,又要吃你的软饭了。"

李美丽说:"我说过,我就喜欢你吃我的软饭。"

李美丽花钱给他们买了一辆商务别克车,刘发展每天开着这辆车,载着篮生,奔波在学校和家的路上。

第五十五节

陈震东开发了新楼盘，用胡长清的钱，买了一套房子。他对柯又绿说："户主叫霍军，即使有人出一千万，这套房子也不能卖。"

柯又绿问他："霍军是谁？"

"柯又绿，你不说话没人当你是哑巴。"

柯又绿说："如果你做了坏事我也不该问吗？"

"他妈的柯铜锣，老子什么时候做过坏事？"

柯又绿说："以前没做过坏事不等于以后不会做坏事。"

"柯铜锣，老子对你很失望，你居然会有这种庸俗的想法。"

一个月后，柯又绿接到一个男人的电话。男人问她是不是柯又绿，柯又绿说是。男人问她的老公是不是叫陈震东，柯又绿说没错。柯又绿问男人是谁，男人说他是谁不重要。柯又绿问男人有什么事，男人叫柯又绿管好陈震东。柯又绿说，你这话是什么意思？男人问柯又绿知不知道楼雪飞这个人，柯又绿说知道，楼雪飞是信河街银行财富管理中心总经理，是个很能干的漂亮女人。男人说，前段时间，楼雪飞去美国考察，在美国期间，楼雪飞和陈震东好上了。

柯又绿脑袋轰轰响，天旋地转。她问电话那头的男人："你是谁？"

男人说:"我是谁不重要。"

柯又绿说:"你是谁都不敢告诉我,我怎么相信你的话?"

男人只好说:"我是楼雪飞的老公。"

柯又绿说:"你有陈震东和楼雪飞的证据?"

男人说:"他们经常一起吃饭,我查了他们的通话记录,最多一天三十个。"

柯又绿说:"有被你捉奸在床的证据?"

男人说:"还需要这个证据吗?"

"既然没有捉奸在床的证据,我可以百分之百地告诉你,我相信我的老公是清白的,他以前没做过对不起我的事情,以后也不会。我老公是生意人,有时候生意上的需要,他一天跟人通三十个电话是正常的。"柯又绿说,"我倒要劝你一句,你老婆名气很大,管好你老婆,别让她成天在外面勾引男人。"

男人说:"他妈的,没见过比你更傻蛋的女人。"

按照柯又绿的性格,肯定立即打电话问陈震东。但是,她拿起电话又放下了,她觉得这事太大了,天塌下来了,怎么可以在电话里说呢?她得憋住,得当面跟陈震东说清楚。柯又绿咬着牙,忍住没给陈震东打电话,咬着牙去菜场买了江蟹和对虾,咬着牙烧了江蟹和对虾。

陈震东回来了,看了看桌上的江蟹和对虾说:"哟嗬,柯又绿,今天是什么好日子?"

柯又绿说:"我们现在万贯家财,吃江蟹和对虾不用选好日子。"

陈震东说："这跟万贯家财没关系，你心情好老子才能吃到江蟹和对虾。"

陈震东吃得红光满面，柯又绿开口了："陈震东，你跟楼雪飞是什么关系？"

陈震东愣了一下，说："没什么关系。"

"人家老公都找到我这里来了，你还说没什么关系？"

陈震东说："真的没什么关系。"

"陈震东，人家老公骂我是傻蛋了，你居然还说没关系？"柯又绿说，"我问你，你们一起去美国了吗？"

陈震东点点头说："一起去了。"

"一起吃饭了？"

陈震东说："吃了。"

"一天通三十个电话了？"

陈震东说："这个倒没有特意计算过。"

"陈震东，我最后问你一句，你们上床睡觉没有？"

陈震东看了柯又绿一会儿，说："我们上床了，但没睡觉。"

"陈震东，你骗谁呢？你跟一个小你十几岁的漂亮女人上了床，居然没睡觉，说出去鬼才会相信。"

"老子说的都是真话。老子当时就在心里问了两个问题：一、陈震东，你还爱柯又绿吗？跨出这一步，做好跟柯又绿离婚的准备没有？二、陈震东，你爱楼雪飞吗？你知道楼雪飞为什么要跟你睡觉吗？"陈震东说，"这么想后，老子就对楼雪飞说，不行，老子不能跟你睡觉。楼雪飞问为什么，老子说，想来想去，睡这一觉的成本太大，这是一笔亏本生意，老子不做。"

"既然没做，为什么还跟楼雪飞吃饭？"

陈震东说："买卖不成情意在嘛，大家做朋友，偶尔吃顿饭有什么关系？"

"为什么一直瞒着我？"

陈震东说："说了怕你多心。"

柯又绿看着陈震东，哇哇哇哭起来："陈震东，你还有多少事情瞒着我？"

陈震东说："我真的没有做过对不起你的事。"

"陈震东，你跟别的女人都上了床了，还说没做过对不起我的事，你要做出什么事才叫对不起我？"柯又绿一边哭一边拍着大腿说，"陈震东，你看看自己都做出什么破事？还有资格说我庸俗，你拿面镜子照照自己。"

陈震东说："他妈的柯铜锣，你越说越来劲，好像老子和楼雪飞真睡过觉。"

"陈震东，我看你完全堕落了，你跟社会上的无赖有什么区别？"柯又绿拍着大腿说，"话又说回来，不能全怪你，怪我当年有眼无珠，跟了你这个人面兽心的畜生。"

"柯又绿，老子真没做出对不起你的事。"

柯又绿说："陈震东你记住，我这辈子都不会原谅你。"

陈震东说："老子以后还可以吃到江蟹和对虾吗？"

"你就死了这条心吧。"停了一下，柯又绿说，"还有一件事，你如果再跟楼雪飞吃饭，我一定打断她的狐狸腿。"

第五十六节

伍大卫原来早上打三趟拳，现在加到六趟。他原来早上练三组哑铃，现在也加到六组。练完不过瘾，又耍一套棍术。风随棍生，像打风痴，窗户上的玻璃呼呼作响。

伍大卫是个体面的人，是个有修养的人。他早餐后还是去码头踱一圈，背着手，迈着方步，看见谁都是面带微笑。回到家后，他对霍军很客气，无论一天见几次面，总是微笑点头致意。

伍大卫对丁香芹的态度发生了很大变化。丁香芹如果一刻钟没跟他说话，他就说："丁香芹，你是不是懒得跟我说话了？"

丁香芹说："你没见我一个上午都在忙吗？"

伍大卫说："我是一个没用的人，什么忙也帮不上。"

见伍大卫这么说，早餐店特别忙的时候，丁香芹就叫他帮忙洗碗。伍大卫一听就说："丁香芹，我给你丢人了，没资格给客人端饭，只能躲在后面洗碗？"

丁香芹说："没有啊，我担心给客人端饭会伤你自尊。"

伍大卫说："让我在后面洗碗就不伤自尊了吗？"

丁香芹知道他内心苦闷，说："我们家有点积蓄，你拿去做生意吧。"

"我能做什么生意呢？"

丁香芹说："没关系，你想做什么生意都可以，亏了也没关系。"

伍大卫冷笑着说："这话怎么像打发我呢？"

丁香芹说："你怎么可以这样想呢？"

"我就是这样想。"

在外面没作为，回到床上的伍大卫变得异常渴望和强悍，每天晚上都需要，一次不够要两次，两次不够要三次。丁香芹理解他，只要他要求，都会满足。那天晚上伍大卫又想要，丁香芹说："晚上不行。"

伍大卫说："为什么不行？"

丁香芹说："我来月经了。"

伍大卫说："来月经我也要。"

丁香芹哭着说："伍大卫，你为什么要这样对我？"

伍大卫说："你为什么哭？你恨我吗？"

"我不恨你。你被抓进去我没哭。丁香酒楼关闭我也没哭。你在监狱那几年我没掉一滴泪。"丁香芹说，"我是不是做错了什么事？"

伍大卫不说话了。

第二天吃了午饭，霍军避开丁香芹，问伍大卫："你打丁香芹了？"

"我揍她了。"

霍军说:"你不应该打丁香芹。"

"她是我老婆,我喜欢揍就揍。"

霍军说:"丁香芹值得你一辈子去爱。"

"揍也是一种爱。"伍大卫说,"我以后会经常揍她。"

霍军说:"你如果有什么气可以撒在我身上,无论你怎么打怎么骂都可以,请你不要欺负丁香芹。"

伍大卫说:"我不会打你更不会骂你,我只会感谢你。"

"我不需要你的感谢,我所做都是自愿的。"霍军看着伍大卫说,"你应该知道,我留在这里,是因为丁香芹,想看着她,保护她。但是,如果你不喜欢我留在这里,我可以离开,只要你对丁香芹好。"

伍大卫说:"你对我们家有恩,你一定要留在这里。"

伍大卫把霍军找他谈话的事告诉了丁香芹,丁香芹说:"我知道你不喜欢霍军,为什么要留他在我们家呢?你可以让他走呀。"

"我不会让他离开的。"伍大卫笑着说,"我说过,霍军是个危险的货。在我们家,他在明处,再危险的人,只要在明处,就不危险了。如果离开我们家,他躲到暗处,危险起码大十倍。"

第五十七节

陈震东接到胡虹的电话，她说："陈震东，你爸死了，你赶快过来。"

陈震东赶到家，发现陈文化只是昏迷。送到信河街人民医院，医师检查后说，是血管阻塞。陈震东办了住院手续，将陈文化转入心血管内科。

一切办妥后，陈震东才去找胡虹。过了很久，胡虹才喃喃地说："让他死了算了，死了算了。"

陈震东说："医师说他只是血管阻塞，疏通就好了。"

"他这样活着和死了有什么区别呢？"

陈震东说："他整个人都是好的，就是傻掉了。"

胡虹突然拍了一下大腿，哇啦哇啦哭起来："皇天，我受不了陈震东了，你看看陈文化那个棺材，说话不能说，走路不会走，撒尿拉屎都不会，连眨眼皮也不会。你说我前世造的什么孽哦，怎么会碰上这个活死人？"

"即使是活死人也是个人，只要陈文化还有一口气在，我们就不能放弃。"

"皇天，你这个棺材，你以为我想放弃吗？你以为我真的想他死吗？

你知道我跟你爸的感情有多深吗？"胡虹抹了一下眼泪，接着拍一下大腿说，"我实在受够了陈震东，你不知道，我每天看着你爸，我知道他心里想什么，他想说不能说，想动不能动。他原来是多么强壮的人啊！在东风电器厂，掰手腕没人是他对手。他现在多么悲哀啊，连筷子也拿不动，一拿就掉。以前的陈文化哪里去了？那个强壮无敌的陈文化哪里去了？我不能接受他衰败成这样，我知道他内心一定更加痛苦，与其这样痛苦煎熬，不如让他早点走算了，一了百了，他可以早去投胎，重新做人。"

陈震东说："我理解你的心思，你想让陈文化解脱。但是，陈文化只要有一口气在，他还是个人，你有老公，我有爸。如果他一断气，变成一把灰，你的老公没了，我也没有爸了。"

"我不管了，让他死了算了。"胡虹说，"我早就想在木桶里淹死他了，这样他就解放了。"

陈震东说："你这不是谋杀他吗？"

"他早不想活了。"

陈震东说："你怎么知道他不想活了？"

"我从他的眼神看出来的。"

陈震东说："但我从陈文化的眼神看出来，他不想死。"

胡虹抹了一下眼泪，停止了哭声，没有再说话。

陈文化在医院住了十五天，出院时，除了眼睛，全身上下都不能动了。

陈震东把陈文化接回家，对胡虹说："陈文化再也不会打人了。"

胡虹没有说话。

陈震东说："服侍不会动的傻子总比服侍会打人的傻子轻松。"

胡虹还是没说话。

陈震东说："你一个人服侍不过来，我再请一个保姆。"

胡虹说："不用。"

陈震东说："保姆费我付。"

"我可以的。"胡虹说，"你把那份保姆费给我就行。"

陈震东愣了一下，笑着说："没事，这份钱我给你，请保姆费还是我付。"

胡虹说："你给我两份保姆费不就行了吗？"

陈震东说："你挺会算账啊。"

胡虹说："你忘了，你妈是出纳。虽然东风电器厂倒闭了，你妈还是出纳。"

第五十八节

陈宇宙读完研究生回来了。

陈震东问他有什么打算。陈宇宙说具体打算还没有，但有一点可以肯定，绝对不去多美丽上班。陈震东说："哼，去美国一趟，看不上老子的企业了。有本事你永远别进多美丽。"

三个月后，陈宇宙向陈震东借一百万。陈震东问他做什么，陈宇宙说办公司。陈震东说，借一百万没问题，办什么公司他也不管，但他最多给陈宇宙三次机会。他告诉陈宇宙，这三次借款的利息跟以前不一样，以前是生活和学习，利息只是意思意思。现在是创业，利息跟社会上一样。另外，陈宇宙必须跟他签一个协议，如果三次创业不成功，必须老老实实回多美丽上班。陈宇宙问陈震东为什么给三次机会？陈震东说他当年辞职做生意只有一次机会，如果陈宇宙三次机会抓不住，说明在美国五年也没学到什么惊人本领。

陈宇宙跟陈震东签了协议，办了一家 IT 公司。

一年后，IT 公司倒闭。他打电话告诉陈震东，陈震东问他："知道为什么倒闭吗？"

陈宇宙说："我没在关键时刻把握住时机。"

"什么叫关键时刻？"

陈宇宙说："在别人放弃的时候我坚持自己的选择。"

"懂得这一点，看来这一百万学费没白花。"

又过了半年，陈宇宙借了一百万，开了一家网络科技公司。

这家网络科技公司维持了一年。陈宇宙跑到陈震东办公室说："还是不对。"

陈震东说："哪里不对？"

"我也不知道哪里不对。"陈宇宙说,"这一年我一直在坚持。"

"能坚持一年也不容易。"

陈宇宙说:"这一年我不快乐,无论是成功还是失败,我兴奋不起来。"

"因为这点你放弃了?"

陈宇宙说:"是的,公司虽然没亏损,但这不是我想要的生活。"

"你记住,这一次虽然没亏本,但只剩最后一次机会了。"

陈宇宙说:"我知道。"

"还要再借一百万吗?"

陈宇宙说:"不急,让我想一段时间。"

半年后,陈宇宙又借了一百万,办了一家网络游戏公司。

陈震东知道消息后,去了一趟陈宇宙公司。他前前后后走了一圈,问陈宇宙:"你公司生产什么产品?"

"游戏,就是我喜欢玩的那种游戏。"

陈震东说:"你终于找到快乐了,可以每天玩游戏了。"

"我要把专业和兴趣结合起来。"

陈震东点点头说:"我能理解。"

"只有把专业和兴趣结合起来,人生才是快乐的。"

陈震东又点点头说:"很对。"

"只有快乐了,做事情才能兴奋。"

陈震东说:"是的。"

"这才是我想要的状态。"

"很好很好。"陈震东不停地点头说，"陈宇宙，你这种状态很好，你一定会成功的。"

离开陈宇宙公司，陈震东头也不回，心里说，完蛋了，老子三百万打水漂了。

第五十九节

柯又绿生活失去了方向。她原来的方向是陈震东，有了陈宇宙，转移到陈宇宙身上来。陈宇宙出国后，她又回归到陈震东身上。发生了楼雪飞事件，柯又绿发现，这几十年来，她一直围绕着陈震东转。转着转着，她被陈震东转晕了，居然转出一个楼雪飞。

柯又绿知道陈震东又跟楼雪飞见面了。她没有跟踪陈震东，也不需要请私家侦探，她从陈震东身上的香水气味就闻出来了，陈震东一定又跟那个叫楼雪飞的狐狸精在一起了。每一次柯又绿都是哇哇哇哭，坐在地上拍着大腿干哭。陈震东对她很不满意，说："柯铜锣，老子只是跟楼雪飞吃个饭，没做见不得人的事。你越闹老子越是要跟她吃饭。"

柯又绿拍了一下大腿说："陈震东，我当初真是瞎了眼睛。"

柯又绿决定去一趟信河街银行。

她找到楼雪飞办公室，什么话也不说，飞扑上去。楼雪飞连人带椅被扑倒在地，柯又绿骑到她身上，拿拳头砸她的腿，砸一下，骂一声狐狸精。楼雪飞很快明白是怎么回事，没多久便跟柯又绿换了一个位置，但她没拿拳头砸柯又绿的腿，她骑在柯又绿身上，给陈震东打电话，让他过来把柯又绿带走。

陈震东赶到时，柯又绿还躺在地上哇哇哇哭。

陈震东把柯又绿擒回家，说："柯铜锣，你太丢人了。"

柯又绿还在哇哇哭，狐狸精长得确实漂亮，皮肤好，身材也好。

"柯铜锣，你把我的人丢尽了。"

柯又绿哭得更伤心了，没想到居然打不过狐狸精。

"柯铜锣，除了哭你还会什么？"

柯又绿心里想，是啊，除了哭还会什么呢？她发现唯一能做的就是哭了。

柯又绿再次去信河街银行，没有找楼雪飞那个狐狸精，而是去银行大厅，陈震东不是说她除了哭什么也不会了吗？她就去大厅哭，她一边哭一边拍着大腿，把楼雪飞勾引陈震东的事说给所有人听。

柯又绿一连去大厅哭了三次，效果非常好，大厅里人山人海，把她围了一圈又一圈，不时有人起哄和鼓掌。第四次，楼雪飞找上门来了，柯又绿说："狐狸精，你终于怕了？"

"我并不是怕你。"楼雪飞笑着说，"我是来告诉你，如果再无理取闹，我一定把你老公勾引到床上去。"

柯又绿说："你敢？"

楼雪飞咧了下嘴角："我已经勾引过一次，还有什么不敢。"

第六十节

王万迁和许琼放弃生孩子了。

许琼说："你是不是很想要孩子？"

王万迁点点头说："我很想要。"

许琼说："可惜我生不出来了。"

王万迁说："你生不出来没关系，我们去领养一个。"

"还有一个办法，"许琼看着王万迁说，"你去找一个女人，让她给你生个孩子。"

王万迁说："许琼你怎么会有这种想法？"

许琼说："听说社会上专门有年轻女人替别人生孩子，生一个孩子三十万。"

王万迁说："这种事我王万迁不会做。"

许琼说："没关系，我同意你做。"

"许琼你别再提这个事了。"王万迁说，"我只想去儿童福利院领养一个。"

许琼陪他去儿童福利院。他们去了几趟儿童福利院，没有合适的孩子。所谓合适，是王万迁的要求：一是要男孩，将来可以继承凤尾鱼事业。二是要健康，包括脑子正常和四肢健全。三是必须在两周岁以下，对人生的记忆还模糊。

第五趟去，王万迁看中一个出生不久的男婴。男婴一看见王万迁，冲他微微一笑。王万迁一把抓住许琼的胳膊，说："你看见没，他冲我笑了，他冲我笑了。"

许琼说："孩子这么小，笑是无意识的。"

"我觉得他是有意识的。"王万迁说，"他为什么只冲我笑没冲你笑。这就是缘分。"

许琼看看那个男婴，又黑又瘦，头发只有稀稀疏疏几根。她问王万迁："你真的看中了？"

王万迁说："就是他了，就是他了。"

他们跟儿童福利院签了领养协议，等于把孩子预订下来了。再去民政局办妥手续，就可以抱着孩子上户口。

当天晚上，王万迁显得异常兴奋，上床后，他抱着许琼不放，兴致很高地跟许琼做了一次爱。一边做一边对许琼说："从今以后，我们是有孩子的人了。"

到了凌晨，许琼肚子突然疼起来，她打开灯一看，床上全是血。

王万迁把许琼送到信河街人民医院。检查结果第二天出来，许琼得了宫颈癌。因为是早期，医师建议做手术。医师提供两种手术方案：

一种是根治性宫颈切除和宫颈锥形切除。另一种是全子宫切除。前一种手术保留生育可能，但存在复发隐患。后一种手术最彻底，把生孩子的可能性割掉了。

医师问王万迁和许琼选择哪一种方案，王万迁还没有开口，许琼就说："我要全子宫切除。"

说完之后，许琼发现王万迁眼睛一直盯着她，但他没说话。

许琼很快做了全子宫切除手术。住院恢复期间，王万迁每天在病房陪侍。许琼说："王万迁，你去公司吧，你不用陪我。"

王万迁说："你做了手术，我当然要陪。"

许琼说："我看你人在这里，心早飞到公司了。"

王万迁说："我的心在这里。"

许琼说："我看见你的心飞出去了。"

王万迁说："做了手术，把脑子做糊涂了，你怎么可能看见我的心呢。"

许琼用拳头捶了一下病床，说："我就是看见了，你的心从窗户飞出去了。"

"好好好。"王万迁说，"你说得对，我的心确实飞出去了，不过后来又飞回来了。"

许琼又说："王万迁，你不用在这里陪我，你去陪你儿子吧。"

王万迁说："我跟儿童福利院说好了，等你出院再去领孩子。"

许琼说："你不用骗我，你早把孩子领回家了，你回家陪你儿子吧。"

王万迁说："你怎么知道我把孩子领回家了？"

许琼说："你什么事都瞒不过我，我不怪你，你回家陪孩子吧。"

"你安心养病，别瞎想。"王万迁说，"等你出院后，我们再谈孩子的事。"

过了几天，许琼说："王万迁，对不起，我再也不能为你生孩子了。"

王万迁说："没关系，我们不生了。"

许琼说："我一直想为你生个孩子，以后再也不能为你生了。"

王万迁说："我一点也没有怪你。"

许琼说："我是多么想给你生个孩子啊。"

王万迁说："我知道，我知道。"

许琼说："可是，我的子宫割掉了，我成了一个没子宫的女人。"

王万迁说："没子宫也没关系，你还是许琼。"

许琼说："没子宫的女人还叫女人吗？"

又过了几天，许琼说："王万迁，你去把领养的孩子抱来给我看看。"

王万迁说："他还在儿童福利院，你一出院我们就去领。"

"求求你了，把孩子抱来让我看看吧。"许琼说，"我的子宫都没有了，你让我看一下孩子也不行吗？"

王万迁说："我不会骗你的。"

许琼说："你就让我看一眼吧，我不会伤害那孩子一根汗毛的。"

王万迁脑子嗡了一声，说不出话来了。

许琼出院后，对王万迁说："我们去福利院领孩子吧？"

王万迁说："孩子被别人领走了。"

许琼眼睛直直看着王万迁："被谁领走了？"

王万迁说："儿童福利院有规定，被谁领走不能说。"

许琼说："领走的人你很熟？"

王万迁摇摇头说："我不知道是谁？"

许琼说："你真不知道？"

王万迁说："我真不知道。"

许琼说："我知道。"

王万迁说："你知道？"

"是的，"许琼说，"那个人叫王万迁。"

第六十一节

毕业时，篮生和刘发展同批通过律师资格考试。

刘发展说："早几天黄丽君打电话问我，司法局有个招聘，篮生去不去？"

篮生说："刘发展有什么打算？"

刘发展说："我回去重新开中介所，这回改成刘发展律师事务所。"

"篮生愿意在刘发展律师事务所当一名律师。"

刘发展说:"篮生不参加司法局考试吗?"

"篮生哪里也不去,篮生只跟刘发展在一起。"

刘发展律师事务所开业,正赶上因美国"次贷危机"引发的全球金融风波。

刘发展问篮生:"今天来了三家企业,他们要告银行抽资,这样的案子接不接?"

篮生说:"银行不讲信用,关键时刻保全自己牺牲企业,刘发展应该接。"

刘发展说:"官司可能打不赢,银行允诺不抽资只是口头行为,没证据。"

篮生说:"打不赢也应该接。"

刘发展说:"打不赢没钱赚哦。"

篮生说:"没钱赚也应该接。"

"好的,刘发展听篮生的,篮生说接就接。"

过了几天,刘发展问篮生:"今天来了三家企业,告别的企业借钱不还,这样的案子接不接?"

篮生说:"借债还钱,天经地义,这样的案子应该接。"

刘发展说:"官司倒是能打赢,借款合同上白纸黑字,谁也赖不掉。"

篮生说:"既然能打赢,为什么不接呢?"

刘发展说:"打赢官司也赚不到钱,被告企业的钱被银行抽走了。"

篮生说:"帮企业打赢官司就是对他们的支持。"

"篮生说得对，先帮企业打赢官司。"

又过了几天，刘发展说："篮生……"

篮生说："今天是不是又接到案子了？"

"是的。"刘发展说，"但不是企业告企业，也不是企业告银行。"

"是银行告企业？"篮生想了一下，摇头说，"不对，银行告企业不会找我们，他们会直接向法院申请执行。"

刘发展说："今天是自然人告企业。"

"他们应该找政府，让政府出面协调。"

"政府提出的方案他们不接受。"刘发展说，"他们想跟企业打官司。"

"刘发展就接呗。"

刘发展说："被告的企业已经跑路了，打赢官司也没钱赚。"

"赚钱是其次，把官司打赢比赚钱更重要。"

"刘发展听篮生的。"

又又过了几天，篮生说："糟了，刘发展。"

刘发展吓一跳："怎么了？"

"咱们忙着接案子打官司，忘了问李美丽公司有没有受影响。"

"我问过了，李美丽不说。"

"咱们一定要帮帮她。"

"李美丽来往数目都是几千万，甚至上亿。咱们帮不上忙。"

"帮不上也要帮，三个人的力量总比一个人大。"

刘发展说："李美丽的脾气跟牛一样，未必会说实话。"

"刘发展要找李美丽谈一谈。"

"确实应该找李美丽谈一谈，这几天眼皮老是跳。"

见面后，刘发展说："李美丽，咱们晚上开一个家庭会议。"

篮生说："既然是家庭会议，大家要实话实说。"

刘发展说："对，不能有所隐瞒。"

李美丽看看刘发展，又看看篮生，说："狗生的，你们这是联合起来审判我？"

"你这个李美丽，说话真难听。"刘发展说，"咱们这是家庭会议，不是审判大会。"

篮生说："这个家庭会议的主题是说问题，解决问题。"

李美丽说："你们两个懂法律的联合起来欺负我不懂法律的？"

"怎么会欺负你呢？"刘发展说，"我是你老公，篮生是你女儿，是一家人和和气气商量事情。"

"篮生和李美丽是一体的，篮生身体里有李美丽一个肾在工作。"

李美丽说："联合起来审判我也不怕，我李美丽怕过什么事？"

刘发展说："晚上大家坐下来，是想听听房屋交易公司的事。律师事务所每天接到几十个企业主跑路的案子，法院每天受理几百件。我和篮生担心你。"

"篮生帮不上什么忙，但篮生是学法律的，法律有时是自卫的武器。"

李美丽说："你们用法律我也不怕，我身正不怕影子斜。"

刘发展说："李美丽，你身子真的很正？"

"我李美丽堂堂正正，谁也不能把我怎么样。"

刘发展说："我下午刚跟陈震东通了电话。"

"你跟陈震东通什么电话？"李美丽突然跳起来说，"狗生的，谁让你跟陈震东通电话了？"

"陈震东是我朋友，我跟朋友通电话不行吗？"

"朋友归朋友，"李美丽说，"我跟陈震东是生意上的事，你们别插手。"

"我没想插手。"

李美丽瞪起眼睛说："没想插手打什么电话？"

刘发展说："陈震东说你遇到麻烦了。"

"陈震东瞎说，我没麻烦，我手头还有那么多套房子，能有什么麻烦？"

"陈震东是我结拜兄弟，我们几十年关系，他不会对我撒谎。"

李美丽站起来说："刘发展，我问你，你是相信我还是相信陈震东？"

篮生说："陈震东说李美丽有一笔款拖欠好几个月了。"

李美丽坐回椅子，低垂下头，半天不说话。

刘发展和篮生齐齐看着她。

过了很长时间，李美丽叹了一口气，抬起头，扫了刘发展和篮生一眼，说："我确实放两千万在许瑶担保公司吃利息，狗生的许瑶跑路了。现在手头的房子卖不出去，卖出去也不值钱，填不满两千万的窟窿。"

刘发展说："你有那么多钱，有那么多套房子，还不满足？"

"狗生的，我就知道你们晚上要审判我。"李美丽把头仰起来，拍了一下胸口说，"我李美丽一人做事一人当，绝对不会连累你们。"

"李美丽，咱们是一家人，你的困难就是我和篮生的困难。你难道忘了吗？我是你一辈子的拐杖。"

篮生说："刘发展说得对，篮生会一直跟李美丽站在一起。"

"刘发展，你这么说我很高兴，说明我李美丽当年没看错人。"李美丽看了看刘发展，转头对篮生说，"篮生，你这么说我也很高兴，说明我李美丽当年割一个肾给你是对的。"

"李美丽放心，世上没有过不去的坎。实在不行，咱们申请破产。"刘发展说，"破产没什么了不起，咱们白手起家，从头再来就是。"

篮生说："篮生的想法和刘发展一样。"

"归根结底，是我太贪婪，把钱给了许瑶。是我害了这个家。我应该为我的贪婪付出代价。"李美丽对刘发展说，"我想好了，只要我跟你离婚，我的事跟你没关系，跟篮生也没关系。"

"李美丽，你再说一句这样的话试？你相不相信我揍你？"

"篮生也不同意你们离婚。"

刘发展说："你怎么可以说跟我离婚呢？"

篮生说："现在离婚也迟了，债务发生在离婚之前，法律不承认。"

刘发展说："你什么话都可以说，就是不能跟我说离婚。"

篮生说："假使离了婚，债务还是一起承担。"

刘发展说："他妈的李美丽，你心里从来没有我，居然说要跟我离婚。"

李美丽哇哇哭起来，说："刘发展，我只是这样想想，我也不想跟你离婚，如果跟你离婚，我就孤苦伶仃，连个依靠的人也没有了。"

刘发展走过去抱住李美丽："李美丽你放心，我不跟你离婚。下辈子都不会。"

篮生也走过去抱住李美丽说："李美丽不会孤苦伶仃，李美丽还有篮生呢。"

第六十二节

讨债的人堵上门来，计化龙才知道许瑶不见了。

计化龙找不到许瑶，打电话给许琼，问许瑶在哪里？许琼说："妈的个卵，许瑶是你老婆，我这个当姐姐的没上门找你要人，你倒打电话问我。我问你，你把我妹妹藏哪里了？"

"我怎么可能把许瑶藏起来，把她藏起来我有什么好处？"

"我怀疑你把我妹妹杀了。"

"许琼你不能乱说。许瑶失踪后我报了警，警察在调查。"

"一定是你杀了我妹妹。"许琼说，"你谋财害命。"

"我没谋财也没害命。"计化龙说，"担保公司被封,两个美容院被砸,化妆品被抢劫一空，技师工资没付，我身后跟着一大串讨债的人。"

"你演苦肉计。"许琼说，"一定是你杀了我妹妹，我要把这事告诉警察。"

计化龙给许琼打完电话后，给王万迁打了一个电话："王万迁，许瑶在哪里？"

"我不知道。"王万迁说，"听许琼说，你把许瑶杀了？"

"天哪，王万迁你想想，我杀许瑶有什么好处？"

"许瑶一死，所有账都可以算在她头上。"

"你觉得我计化龙像个杀人凶手吗？"

"我觉得你不像。"王万迁说，"但你杀许瑶动机是成立的。"

"你跟许琼一样，认为我杀了许瑶？"

"我跟许琼不一样，许琼认为你杀了许瑶，我觉得你有这种可能。"

计化龙给王万迁打过电话后，又打了一个电话："柯又绿，我像个杀人凶手吗？"

柯又绿说："计化龙你为什么问我这个问题？"

"他们都说我杀了许瑶。"

"你真杀了许瑶？"

"我没有。"

"你没杀许瑶，知道许瑶在什么地方吗？"

"我不知道。"

"你和许瑶不是夫妻吗？既然是夫妻，怎么可能不知道许瑶在哪里？"

"照你这么说，是我杀了许瑶？"

"你如果没杀许瑶，就告诉大家她藏在什么地方。"

计化龙给柯又绿打过电话后，给陈震东打了一个电话，说："董事长你得帮帮我。"

陈震东说："我听说许瑶跑路了，她把你的钱也卷走了？"

"她没卷走我的钱，我没钱让她卷。"

"那就好，她跑她的，你过你的生活。"

"他们都怀疑我杀了许瑶。董事长你最了解我，我怎么会杀许瑶呢？"

"你到底有没有杀许瑶？"

"没有。"

"这不就得了吗，既然你没杀，别人怀疑关你屁事。"

"我打这个电话，就想听董事长一句话，你觉得是我杀了许瑶吗？"

"娘娘腔，我本来觉得你不可能杀许瑶。"陈震东说，"可是，你刚才这么一问，我觉得你有可能杀了许瑶。"

"为什么呀董事长？连你也觉得是我杀了许瑶？"

"我觉得你疯了。"

计化龙回家去问计去疾："爸，我像个杀人犯吗？"

"我儿子不可能是杀人犯。"

"为什么？"

"我们家是书香门第，书香门第的人不可能是杀人犯。"

"如果有人说我是杀人犯呢？"

"那等于说我也是杀人犯。"计去疾说，"我像个杀人犯吗？"

"你不是。"

"这就对了，我不是，你肯定也不是。"

"爸，这个世界上只有你最懂我。"

第六十三节

陈震东回家问柯又绿："老子缺你吃了？"

柯又绿摇摇头说："没有。"

"缺你穿了？"

"也没有。"

"缺你用了？"

柯又绿还是摇摇头说："没有。"

陈震东说："既然没有，老子问你，有没有钱放许瑶那里吃利息？"

"没有。"

"柯铜锣，你确定吗？"

"确定。"

陈震东瞪着柯又绿说："你再说一遍？"

"有一点点。"

"一点点是多少？"

"是一百万。"

"柯铜锣，你哪里来的一百万？"

"是我的私房钱。"柯又绿小声说，"是我所有积蓄。"

"没向别人借？"

"没有。"

"真的没有？"

"借了一点点。"柯又绿看了陈震东一眼，低下头说，"我只有九十万，向我爸借了十万，凑了整数。"

"柯无涯告诉老子，你向他借了二十万。"

"是二十万。"

陈震东说："柯铜锣，你还有什么事瞒着老子？"

"没有了。"

"确定没有了？"

"还有一件。"

"是不是把留给霍军的房子抵押给李美丽，向她借了一百万？"

"是。"

陈震东说："我以前是怎么跟你说的？"

"你说这套房子不能动。"

"你为什么还动？"

"我没动房子，只是抵押给李美丽。"柯又绿说，"我跟李美丽说好的，这套房子不能卖，这一百万我算三分利息给李美丽。"

"许瑶给你几分利息？"

"她给我一毛。"

陈震东叹了一口气："你把钱放许瑶那里，为什么不说一声？"

柯又绿说："许瑶一次又一次找我，给的利息越来越高。"

"最后你心动了？"

"是。"柯又绿点点头，然后又摇摇头说，"也不是。"

"你还有什么原因？"

柯又绿突然提高声音说："陈震东，你如果没跟楼雪飞上床，打死我也不会做这种事。"

"知道你这个女人死心眼，没想到死得这么彻底。"陈震东说，"不是跟你说过，老子跟楼雪飞没关系吗？老子已经放下了，你怎么还挂在心里？"

"你放下了是你的事情。对我来说，这辈子都不可能放下。"

陈震东说："柯铜锣，你真的变了，以前无论发生什么事，你跟老子大吵一架，或者大哭一场，事情就过去了。年纪越活越大，心胸怎么反倒变小了呢？"

柯又绿低头没说话。陈震东继续说："老子很失望。结婚几十年，老子没做过一件对不起你的事。可是，老子跟一个女人抱了抱，你一直揪住不放，居然借钱去放高利贷，居然把预留的房子抵押出去。你还有什么事情做不出来？"

柯又绿抬起头来，眼睛直直看着陈震东："陈震东你记住，别的事情都好说，我不能允许你跟别的女人上床，如果再做这种事，我一定杀了你。"

陈震东换了一种口气说："可是柯铜锣，这些年来，你什么时候关心过老子呢？老子一个人在生意场上打拼，从一家小服装店做成一个大集团，需要跟多少人打交道，需要跨过多少道坎，需要躲过多少明枪暗箭，需要经历多少战役才将对手一个一个消灭掉。这些年你做了些什么？你只会大哭大闹，只会跟我发脾气，只会小题大做，只会无理取闹。你从来没关心过老子内心的苦。"

陈震东越说越生气，声音越来越高："你再想想，老子做生意这么多年，年纪慢慢大了，也累了。可是，我们宝贝儿子陈宇宙现在在做什么？他在美国读了五年书，回来之后没赚一分钱，公司办一个倒一个。"

陈震东眼睛盯着柯又绿说："你想想看，这样的人，老子放心将集团交给他吗？他如果不能接班，谁来接班？柯铜锣，你为什么不能站在老子的角度想一想？为什么不能理解老子心里的苦呢？"

"陈震东，每个人心里都有苦。你什么时候问过我的苦？"

"柯铜锣，我们已经说不到一块去了。"陈震东叹了口气，"老子多么怀念以前的日子啊，遇到一点小事，你跟老子又哭又闹，闹完就过去了。我们什么话都可以说，什么事都可以做。虽然吵吵闹闹，但是和和睦睦。你想想看，你多长时间没哭了？"

陈震东叹了口气，说："老子以前很烦你哭，你的哭声就是响雷。可是柯铜锣，老子后来想明白了，会哭说明你内心有柔软的地方，说明你有简单的一面。我变得喜欢听你的哭声了，你的哭声让我放松，让我觉得跟你在一起是安全的。柯铜锣，老子接受了你的哭声，为什么你现在偏偏不哭了？"

"陈震东，你知道不知道？别人在背后叫你大老虎，看见什么咬什么，看见谁咬谁，你每时每刻虎视眈眈，准备吃掉全世界。你知道不知道我跟你生活在一起每天胆战心惊？在我心里，你也是一只大老虎，每天跟你生活在一起，我只能变成凶猛的老虎，你咬我，我也咬你。我不咬你就会被你咬死的。"柯又绿说，"我已经不会哭了，陈震东，我不会再为你哭了。"

"柯铜锣，你终于把埋藏在心里的话说出来了。对，我是一只老虎，我每天虎视眈眈要吃掉全世界。可是，柯铜锣你知道不知道？这几十年来，老子每天晚上做同样的梦，被关在一个巨大的铁笼子里，铁笼子里有成千上万只老虎，每只老虎都想吃掉我。我喊不出来，更哭不出来。为了活命，我只能不停地跑啊跑，跑着从睡梦中醒来。"

陈震东看着柯又绿继续说："你从来没有问一句，为什么老子每天早上醒来都是气喘吁吁？为什么老子每天早上醒来都会双腿抽筋？为什么老子每天早上醒来都是一身冷汗？为什么老子每天早上醒来都说不出话？那个时刻，我对这个世界充满了毁灭性的失望。只有看着你，想着我们这几十年走过来的点点滴滴，才慢慢对这个世界恢复了信心。

这个时候，我多么想听一听你打雷一样的哭声啊柯又绿，听到你的哭声我会觉得这世界上并非处处是老虎，还有一个真正爱我的人一直在我身边。"

柯又绿摇摇头说："陈震东，我不会哭了，你什么时候看见老虎在哭？"

"柯铜锣，你怎么会变成这个鬼样子呢？"

"你呢？陈震东，你是什么时候变成这个鬼样子的呢？"

第六十四节

伍大卫找到刘发展律师事务所。

"我想跟丁香芹离婚。"伍大卫说，"这事你一定要帮我。"

刘发展说："你们怎么了？"

"丁香芹对我太好了。"

刘发展说："丁香芹对你好，为什么要跟她离婚？"

"丁香芹对我太好了，我才要跟她离婚。"

"这个忙我帮不了。"刘发展说，"你离婚理由不成立，我不能助纣为虐。"

"如果理由成立，我求你个屁。"伍大卫说，"当年我不愿意离婚，你不是帮李美丽跟我离了婚吗？我知道你有这个本事。"

"当年情况不一样。当年是你有错在先，李美丽当然可以跟你离婚。"

"这次也是我有错在先。"

"你有什么错？"

"丁香芹给了我五十万做生意，我拿这笔钱放许瑶担保公司吃利息，许瑶一跑路，五十万泡汤了。"伍大卫说，"这五十万是丁香芹卖早餐赚来的辛苦钱，是血汗钱，被我打了水漂，你说我是不是很没用？是不是该跟丁香芹离婚？"

刘发展说："伍大卫啊伍大卫，你什么事情不好做？"

"我真想把许瑶扔进瓯江喂王八。"

"不能完全怪许瑶。"刘发展说，"你如果不把钱给她，她不可能来抢。"

"当然是我的错，所以，我想跟丁香芹离婚，我不能再拖累她。"

刘发展摇摇头说："伍大卫，这事我真帮不了你，我不能做伤天害理的事。"

"看在李美丽的面子上，帮我这一次行不行？"伍大卫说，"如果你不帮我离婚，你得借我五十万，丁香芹的血汗钱不能在我手里白白飞了。"

刘发展说："伍大卫，你这不是要无赖吗？我哪有五十万借给你。"

"刘发展，睁开你的狗眼看一看，我伍大卫是要无赖的人吗？我如果要无赖就不会坐在你办公室好好说话。我伍大卫是个文明人。可是，一个文明人想离婚为什么这么难？为什么你不能帮我一把？"

刘发展想了想说："你真想离婚？"

"我是真心实意的。"

"你不后悔？"

"不后悔。"

刘发展说："如果真想离婚，我可以教你一种方法。"

伍大卫说："我就知道你有办法。"

"李美丽提出跟你离婚不是说你不能上床吗？"

"是啊。"

"你现在行不行？"

"我现在行。"

"接下来你假装不行。"

伍大卫说："不跟丁香芹上床睡觉？"

"对。"

"让丁香芹提出离婚？"

"对。"

"如果丁香芹还是不提出离婚怎么办？"

刘发展说："你可以向法院提出离婚请求呀。"

"法院会同意吗？"

"你都'不行'了，法院干吗不同意。"

伍大卫伸手拍了一下桌子说："狗生的刘发展，我就知道你有办法。"

第六十五节

计化龙被叫进去做谈话笔录。

从公安局出来后，给许琼打电话："你现在相信我没杀许瑶了吧？警察说许瑶逃到香港了。"

许琼说："警察为什么没把你抓起来？"

"警察说，所有的债务都是许瑶的，跟我没关系。"

许琼说："计化龙，你没被抓进去，得感谢许瑶。"

"我为什么要感谢许瑶？"计化龙说，"她一声不吭跑掉，害得我天天被人追债。我恨死她了。"

"我问你，如果许瑶叫你当美容院法人，你会不会当？"

计化龙想了想说："我会当。"

"如果许瑶叫你当担保公司法人，你会不会当？"

计化龙又想了想说："我也会当。"

"如果当上法人，你是不是该蹲牢房？"

计化龙说："是的。"

"许瑶没做坑让你跳，你是不是应该感谢她？"

"给你这么一说，我好像应该感谢她。"

许琼说："许瑶对你是有感情的。"

"你这么说有一定道理。"

许琼说："你还恨她吗？"

"我也不知道还恨不恨她。"

计化龙又给陈震东打电话，说："董事长，你现在相信我没杀许瑶了吧？"

陈震东说："娘娘腔，你是不是很高兴？"

"终于洗脱罪名，我当然高兴。"

"如果你高兴了，说明你不仅仅是娘娘腔，还是个十足的王八蛋。"

"我怎么王八蛋了？"

"老子问你，许瑶是不是你老婆？"

"是我老婆。"

"你老婆亡命天涯，你还有心思高兴？"

"警察说了，许瑶做的事跟我没关系。"

"老子再问你，你为什么娶许瑶做老婆？"

"我喜欢她。"

"你既然喜欢她，为什么不跟她上床睡觉？"

"我不行。"

"你知道不知道自己不行？"

"知道。"

"知道为什么还向许瑶求婚？"

"我喜欢她。"

"你喜欢个屁，你是害她知道不知道？你现在明白老子为什么要骂你王八蛋了吧？"陈震东说，"你仔细想一想，许瑶为什么变成现在这个样子？"

计化龙点点头说："董事长说得有道理，如果我不向许瑶求婚，许瑶就不会嫁给我，不嫁给我许瑶就不会开美容院，不开美容院就不会开担保公司，不开担保公司就不会吸存这么多钱，也就不用逃到香港。"

陈震东说："娘娘腔你想明白了？"

"我想明白了。"

"你还高兴得起来吗？"

"我知道董事长的意思了。"计化龙说，"虽然我没杀许瑶，但我是个凶手。"

"他妈的娘娘腔，你太有悟性了。"陈震东说，"老子喜欢有悟性的人。"

"谢谢董事长，我知道该怎么做了。"

"你想怎么做？"

"我想去一趟香港，劝许瑶回来。"

"许瑶会跟你回来吗？"

"跟不跟我回来我都得去，我得跟她说明白，躲得过初一躲不过十五。警察知道她在香港，迟早会被抓回来。被抓回来还不如自己回来。"

计化龙说，"回来后该还的债还掉，该坐牢去坐牢。我会等她出来。她愿意跟我过日子最好，不愿意跟我过日子可以离婚。我都听她的。没什么了不起的，大不了从头再来。"

"娘娘腔你说得很对。"陈震东说，"没什么了不起，大不了从头再来。"

第六十六节

刘发展去找陈震东。

见到陈震东，刘发展哇了一声，说："陈震东，你头发什么时候白了？"

"有吗？"陈震东伸手摸了一下自己的头发。

"他妈的，全白了，跟雪一样。"

陈震东放下手，说："他妈的，白就白了。"

两人面对面落座，陈震东坐在办公桌里面，刘发展坐在办公桌外面。刘发展将李美丽的事讲给陈震东听。

陈震东一声没吭，停了许久，问刘发展："我们是什么关系？"

刘发展说："我们是结拜兄弟。"

陈震东说："对，我们是结拜兄弟，你的事就是我的事，李美丽的问题就是我的问题，你说对不对？"

"对。"

"我倒是有一个办法。"陈震东看了刘发展一眼，继续说，"如果把李美丽的房屋交易公司并入多美丽集团，她就是集团的人，她公司的财产就是集团的财产，既然是集团的人，关起门来做账，谁也不能说我们坏话。你觉得怎么样？"

刘发展说："这是帮李美丽，当然行啊。"

"我帮不了李美丽了。"陈震东叹了一声，闭上眼睛，"我以前找李美丽谈过这事，她没同意。"

刘发展说："李美丽现在肯定同意。"

"现在已经晚了。"

"你这话是什么意思？"

陈震东看了刘发展一眼，苦笑了一下："我破产了。"

刘发展啊了一声，从椅子上弹起来。

陈震东说："信河街银行今天早上派评估组过来，从明天起，我就是个穷光蛋了，不能坐飞机，不能坐高铁，出门只能骑脚踏车和坐公共汽车。"

刘发展站着一动不动，也说不出话。

陈震东又笑了一下，轻声说："我被吃掉了。"

停了一会儿，陈震东又轻轻地说："被一只更大的老虎吃掉了。"

说完后，叹了口气，陈震东闭上眼睛。

刘发展听见自己扑通扑通的心跳声，他张了张嘴巴，想讲几句安慰的话，喉咙像被一只巨手掐住，透不过气来。

第六十七节

计化龙还没去香港，许瑶被抓回信河街了。

开庭前，计化龙和许琼去探望，许琼告诉她，请刘发展当她的辩护律师。许瑶说："我不需要律师。"

法院开庭，许瑶从头到尾没说一句话。宣判完了，许瑶没看任何人，转身上了囚车，去了十里亭。

计化龙去十里亭探望。许瑶说："计化龙，我们离婚吧。"

计化龙说："我不跟你离婚。至少你在十里亭期间我不离婚。"

许琼叫王万迁一起去十里亭探望许瑶，王万迁不想去。许琼说，许瑶是我妹妹，她被关进监狱，你这个当姐夫的怎么可以不去探望呢？王万迁说："别的地方我都可以去，十里亭我不会再去。"

许琼一个人去十里亭，她以前走国道，现在走高速。许琼看见许瑶说："我以前每月来探望王万迁，接下来每月来探望你。"

许瑶没有看她："你不用来。"

许琼说："你是我双胞胎妹妹，我不想来也得来。"

见许瑶没有开口，许琼接着说："我不完全是为你来，我来也是为了提醒自己，我有一个双胞胎妹妹在十里亭，我必须每月去探望她。"

许瑶低头没说话。许琼又说："许瑶我问你一个问题，你到处找人吸存款，为什么不找我和王万迁？"

许瑶说，"我恨你。"

许琼说："你为什么恨我？我们是双胞胎姐妹啊。"

许瑶没回答，停了一下，抬头看着许琼说："能不能帮我一个忙？"

"只要我能做到的一定帮。"

许瑶说："你帮我还五十万给伍大卫。"

"为什么单单还伍大卫？"

"他的钱是丁香芹卖早餐辛苦赚来的。"

"哦。"

"我以后还你。"

"你不用还的。"许琼说，"裁缝店有你的股份。"

"裁缝店跟我没关系。"

"裁缝店你有一半股份，你可以把股份拿走，也可以回裁缝店继续上班。"

"还了五十万，我们两清了。"

"我们这辈子不可能两清。"

第六十八节

伍大卫原来早上打六趟拳,现在加到九趟。他原来早上练六组哑铃,现在加到九组。练完之后,再耍三套棍术。风随棍生,像打风痴,窗户上的玻璃发出一阵又一阵的断裂声。

丁香芹开始没在意,过了十来天,她问伍大卫怎么了,伍大卫说:"他妈的,这段时间锻炼过度,身体有点吃不消。"

又过了十来天,丁香芹说:"伍大卫,你有一段时间没碰我了。"

伍大卫说:"狗生的,锻炼会上瘾,量上去后下不来。"

过了一个多月,伍大卫还是没碰丁香芹的意思。那晚上床前,丁香芹喷了霍军买给她的香奈尔香水,主动爬到伍大卫身上。丁香芹在伍大卫身上摸索了半天,伍大卫叹了一口气说:"不行了丁香芹,老毛病犯了。"

丁香芹说:"什么老毛病?"

"你忘记李美丽为什么跟我离婚了?"

"不是好了吗?"

"旧病复发了。"

丁香芹半信半疑。第二天晚上又试了两次,伍大卫还是不行。她对伍大卫说:"实在不行,去医院看看?"

伍大卫说："以前各家大医院都看过，药吃了几十公斤，越吃越不行。"

丁香芹安慰说："你别急，这事不能急，越急越不行。放宽心，说不定就行了。"

"是的，我一点也不急。"

过了三个月，丁香芹终于明白过来了。那晚上床后，她说："伍大卫，你不爱我了？"

伍大卫背朝着她。没有回答。

"我知道你不爱我了。"

伍大卫还是一动不动。

"如果你爱我，不可能三个月不跟我睡觉。"丁香芹说，"我知道你没睡，你开口说一句吧，到底出什么事了？"

伍大卫重重喘了一口气，还是没说话。

"我哪里做得不对你跟我说。"

伍大卫把身体坐起来，看着丁香芹说："我们离婚吧。"

丁香芹一动不动看着伍大卫，慢慢说："我不同意。"

伍大卫说："我都不能跟你睡觉了，不离婚还有什么意义？"

"不能睡觉我也不离婚。"

伍大卫说："我也不爱你了。"

"不爱我，不能跟我睡觉，我也不离婚。"

"你为什么这么死脑筋？"伍大卫说，"守着一个废人做什么？"

丁香芹说:"我不会像有的人一样,你不能跟她睡觉就跟你离婚。"

伍大卫知道丁香芹指的是谁,他说:"我是为你好,离了婚,你可以跟霍军结婚。他跟了你这么长时间,你不能对不起他。"

丁香芹说:"我嫁给你之后没想再嫁给别的男人。我今天晚上把话说明白了,如果有一天你比我先死,我也不会嫁给霍军,更不会嫁给其他男人。你听好了,我这辈子只剩下你这个老公了,无论你要不要,我都不离婚。"

伍大卫说:"我不行了,你守着我干什么?"

丁香芹说:"我不管你行不行,你半身不遂,你全身瘫痪,我服侍你一辈子。"

第二天吃中饭,霍军吃得很少。吃完后没有像平时一样站起来先走。伍大卫饭量大,吃得也慢。丁香芹吃完饭,站起来要走,霍军叫她不要走。伍大卫知道霍军有话要说,他故意吃出很大的响声。

伍大卫吃完三大碗米饭,擦擦嘴巴,看着霍军。霍军说:"我要离开丁香早餐店了,我在这里待得太久了。"

丁香芹看了霍军一眼。

伍大卫对霍军说:"你不需要走,在这里,没人会赶你走。我说过,你是这个家庭的一员。"

丁香芹看看伍大卫,又看看霍军,没有说话。

"我在这里待得太久了。"霍军说,"我要离开这里,离开信河街,我想到外面去。"

伍大卫说："你为什么会有这样的想法呢？你不应该离开这里，不应该离开信河街，更不应该离开丁香芹。"

"我决定了。"

伍大卫说："你不是一直爱着丁香芹吗？我跟丁香芹正在商量离婚的事，离婚后，你可以跟丁香芹在一起。"

丁香芹开口了："我听出来了，你们两个都想走，都想离开我。"

霍军急忙说："不是你想的那样的丁香芹。"

丁香芹问霍军："但你决定要走了？"

霍军眼睛没看丁香芹，点了点头。

丁香芹对霍军说："我支持你离开，这里不值得你耗费太多时间，你应该去更大的地方，过更好的生活。"

丁香芹的话刚说完，伍大卫突然伸手掴了她一巴掌。丁香芹左脸颊立即出现五条红印，丁香芹没有动，也没有开口，看着伍大卫，咧嘴笑了笑。霍军也看着伍大卫，脸上没有表情。伍大卫看看丁香芹，又看看霍军，又伸手掴了丁香芹一巴掌。丁香芹趔趄一下，马上站稳了，还是咧嘴笑了笑。霍军瞪了伍大卫一眼，转身走了。

霍军第二天一早离开了信河街。这一天，丁香早餐店没有开门营业，有人看到，丁香芹带着伍大卫去医院了，伍大卫一条胳膊打了石膏，绑着纱布，挂在胸前。丁香芹的解释是，伍大卫昨晚喝多了，夜里起来上卫生间摔折了手臂。这样的回答经不起推敲，既然是夜里摔的，为什么天亮才送医院？但那是人家私生活，谁也不会刨根问底。

过了一段时间，伍大卫手臂挂着石膏气势汹汹来律师事务所，他说："他妈的刘发展，你这次不灵了，我要砸你的招牌。"

刘发展说："怎么不灵了？"

"丁香芹还是不肯离婚。"

刘发展说："肯定是你没忍住。"

"没有，我碰都没碰她。"

"你去法院起诉了？"

"我没去，去了也没用。"

"你不去怎么知道没用？"

"丁香芹说，死也不会跟我离婚。"

"你没离婚怎么知道她会不会死？"

"我知道丁香芹说得出做得到。"

刘发展拍了一下大腿说："他妈的伍大卫，说了半天，原来是你不想离婚。"

"怎么变成我不想离婚了？"

"你还爱着丁香芹？"

"我怎么爱着丁香芹了？"

"你心疼她。"

"我怎么心疼她了？"

"我明白了伍大卫。"刘发展说，"你只不过用这种手段试探丁香芹，同时逼走霍军，你他妈的才舍不得跟丁香芹离婚呢。"

第六十九节

李美丽手头的房子被法院强制拍卖后，成了闲人。刘发展对她说："如果你喜欢闲就一直闲下去，我养你一个人还是养得起的。要是实在想找点事情做，就来律师事务所帮忙。"李美丽是个闲不住的人，但不会去律师事务所帮忙，她对法律一窍不通，一问三不知，能做什么呀。

那一天，李美丽说："刘发展，我跟你商量个事。"

刘发展很警惕，说："你想干什么？"

李美丽说："我办了一个婚姻介绍网。"

刘发展说："你懂技术吗？"

"这么问你就落后了。"李美丽看着刘发展说，"现在是互联网时代，只要有眼光、有胆识、有思路，技术问题自然有人替我打工。"

刘发展熟悉李美丽的性格，她说商量，其实是没商量。这倒符合李美丽一贯的作风，她什么事情不敢去试呢？

过了一段时间，李美丽问刘发展："篮生有男朋友了吗？"

刘发展说："李美丽，你是篮生的妈，你这个妈是怎么当的？"

"你不是整天跟篮生黏在一起吗？我不问你问谁？"

"我是整天和篮生在一起，可我是父亲，我怎么开口跟篮生谈男朋友的事？"

李美丽看看刘发展，说："你还好意思说自己是篮生的父亲。你在篮生面前哪有父亲的样子？篮生在你面前哪里像个女儿？你们一口一个篮生，一口一个刘发展，从篮生开口说话叫到现在，天下还有比你们更肉麻的父女没有？"

"哈哈，李美丽，你这是嫉妒我和篮生的关系。"

李美丽撇了撇嘴："我需要嫉妒你和篮生的关系吗？你不想想，篮生身体里有一个肾是我的，我们是一个人。"

"是啊。"刘发展点点头，喃喃地说，"你和篮生融为一体了。"

过了一会儿，李美丽说："我给篮生介绍一个对象怎么样？"

刘发展愣了一下，说："你觉得好你去跟篮生说，反正我不会跟篮生说这事。"

"刘发展，好像我操心篮生的婚事惹你不高兴了。"

刘发展嘟囔着说："你这是瞎操心。"

"刘发展你说什么？"

刘发展假装没听见。

接下来几天，刘发展把自己关在办公室。

一个星期后，篮生跑到刘发展办公室，说："刘发展，李美丽刚才来电话，叫篮生晚上去相亲。"

刘发展说："好哇。"

"刘发展觉得真的好吗？"

刘发展说："真的好。"

篮生看看刘发展说："篮生去了。"

刘发展说："去吧。"

那天晚上刘发展一个人在家，他在家里走来走去，后来进了篮生房间，坐在她的书桌前，直到听见门外的脚步声，才快步走回自己房间，躺在床上假寐。

第二天去事务所的路上，刘发展开着车，篮生坐在副驾驶座，赌气似的，谁也不说话。

过了几天，篮生又跑到刘发展办公室："上次相亲对象约篮生晚上吃饭，刘发展你说去不去？"

刘发展说："吃饭好啊，应该去。"

"真的应该去？"

"真的应该去。"

篮生离开后，刘发展一动不动坐在椅子里，连眼睛也没眨一下。

又过了几天，在下班回家的车里，坐在副驾驶座的篮生说："刘发展，有人约篮生晚上去看电影。"

"好哇。"

"真的好吗？"

"真的好。"

篮生去看电影了，李美丽还没有回来，家里空了。刘发展在家里走来走去，他打开每一个房间，一个一个走过来，一边走一边对自己说："刘发展啊刘发展，你怎么跟孩子似的，篮生已经长大了，无论你多么舍不得，她迟早要飞走。"

过了一些日子。

那天早上，刘发展和篮生一起去事务所，还是刘发展开车，篮生坐在副驾驶座。刘发展说："篮生今天为什么一句话不说呢？"

篮生没有回答刘发展的话，扭头看着车窗外。

"篮生是不是跟相亲对象闹别扭了？"

篮生回过头来，看着刘发展说："刘发展是不是不要篮生了？"

"篮生怎么会有这样的想法？刘发展怎么会不要篮生呢？"

篮生眼眶红起来："篮生问刘发展，刘发展是不是和李美丽串通起来，想把篮生嫁出去？"

"刘发展没有和李美丽串通起来，但李美丽跟刘发展说过这事。"

"刘发展同意篮生嫁出去？"

"只要篮生看得上的人，刘发展一定支持。"

"篮生不想嫁人。"

"篮生不想嫁就不嫁。"

"篮生谁也不嫁。"

"好，谁也不嫁。"

"篮生要一辈子守着刘发展。"

"好。"刘发展马上发现问题，改口说，"篮生怎么可能一辈子守着刘发展呢？篮生应该有篮生的生活。"

"篮生不管，篮生这辈子只认刘发展一个人。"

第七十节

陈震东出现在楼雪飞办公室。

楼雪飞看见满头白发的陈震东，心里咯噔了一下。他什么话也不用说，那一头白发已经说明任何问题。除了白发，楼雪飞还发现，他整个人缩小了一圈，肩膀塌了，腰驼了，眼神涣散了。以前的陈震东不见了。以前的陈震东总是昂首挺胸，气势汹汹，说话带刺，眼睛带电，这世界上只有他不想办的事，没有他办不成的事。楼雪飞就是被他这种气势吸引住的，陈震东才是她心目中的男人，她心甘情愿被这样的男人驾驭，愿意尽自己所能帮助这样的男人。但这个男人现在完蛋了。他一进门，楼雪飞就看出来，他脸上写满了绝望，这是一种想与世界同时毁灭的绝望。

楼雪飞现在最怕见的人就是陈震东，但他还是来了。她知道，陈震东其实不需要那么多贷款，是她三番五次去找陈震东，陈震东才拿着从她这里贷出去的钱去投资房地产，去投资光伏项目。银行突然断了他的续贷，他投资的房子卖不出去，光伏项目还需要后续投入，哪里有钱来还银行？而银行呢，却通过法院的途径，查封和拍卖了陈震东的集团和他名下的所有固定资产，用法律的名义宣告他的破产。这些天，她内心一直在挣扎，无论如何，应该去见陈震东一面，哪怕招来一顿谩骂甚至毒打，心里也会好受一些。可是，她没有勇气，她不知道应该怎样面对陈震东，更不知道应该跟他说些什么，因为无论她说什么，都已无法将陈震东从破产的境地里挽救出来。

楼雪飞毕竟是见过世面的人，没有让慌乱和不安呈现在脸上，她脸上泛出职业性的笑容。她从办公桌后面走出来，将陈震东带到茶叙间。两人面对面坐下，楼雪飞烧了开水，给陈震东和自己各泡了一杯雁荡毛峰。

陈震东坐下来后，看着楼雪飞烧水泡茶。他进门后没有开口讲过话，脸上也没有表情。当楼雪飞将泡好的雁荡毛峰递过来，他没有看茶杯，而是对楼雪飞笑了一下。这一笑让楼雪飞胆战心惊，她觉得陈震东的微笑比尖刀还可怕，他的微笑背后隐藏着无尽的可能和危险，她赶紧对陈震东笑了一下，说："我也没想到会是这样。"

陈震东还是微笑，他没有开口。

楼雪飞说："我们银行也做不了主，断贷是上面的指令。"

陈震东还是微笑地看着她。

楼雪飞说："我们银行也不想这么做，这样做等于自断手臂。"

陈震东没有开口，他的微笑慢慢隐退。

楼雪飞注意到陈震东脸上的变化。他没有笑容的脸色非常难看，在他一头白发的映衬下，脸色白里透青。那是一张绝望的脸，一张濒临死亡的人才有的脸，一张什么事情都可能做出来的脸。楼雪飞赶紧补充说："我觉得我们银行不应该向法院申请查封你的集团。"

陈震东脸色越发地青了，伴随沉重的喘气声。

楼雪飞听见自己心脏怦怦乱跳的声音，她说："我跟银行提出来，他们不听我的，我一点办法也没有。"

陈震东突然长长叹了一口气，嘴唇不停地颤抖起来，一字一顿地说："我没有怪你的意思。"

"你没有怪我？"

"是的。"陈震东点点头，他看了看楼雪飞，又看了看那杯茶，慢慢地说，"要怪只能怪我自己。"

"你不能怪你自己。"楼雪飞说。

陈震东伸手止住楼雪飞，继续说："我太贪婪了，我想一口吃掉整个天下，这怎么可能呢？"

陈震东停了一下，又说："我想吃掉别人，最后反被别人吃掉。这就是规律。"

他看了楼雪飞一眼，接着说："我今天来，就是想告诉你一声，所有的错都是我一手铸成的，跟你没有关系，跟其他人也没有关系。"

说完这句话后，陈震东站起来，头也不回地走出楼雪飞办公室。

第七十一节

陈震东离开楼雪飞办公室,来到了积谷山陵园。他来到胡长清墓前,扑通一声跪下来,心里有千言万语,却说不出话来,只叫了一声师傅,嘴里发出呜呜呜的声音。

也不知过了多久,情绪慢慢平缓下来。他对胡长清说,自己现在什么也没有了,这几十年经历,好像做了一场富贵梦,这是一个破碎的梦。为什么会走到这个地步?他刚准备做生意时,胡长清告诫他,人生百年,没必要太贪心,该做的做,不该做的绝对不做。可他将这句话忘到九霄云外了,他没有坚守住底线,才导致最终的失败。他还告诉胡长清,给霍军的房子还在,因为户主是霍军,法院没有动那套房子。霍军随时可以去找柯又绿要房子,他相信柯又绿的为人,不会赖了霍军的房子。

说完这些话,陈震东在胡长清墓前坐下来,静静地看着夕阳西下。

天渐渐暗下来,陈震东站起来,离开胡长清墓地。他没有下山,而是越过陵园,来到山上那座土地庙。他在土地庙外站了一会儿,庙里除了一尊泥塑的土地神和一尊香炉,空无一物。土地神身上布满了灰尘和蜘蛛网,香炉是用石头凿成的,破了一个大缺口。陈震东慢慢走进去，在香炉边坐下来。虽然一天没有吃东西，但他没有觉得饿，他怀疑自己不会饿了。初秋季节，夜晚已有寒意，陈震东觉得身体已不属于自己，寒冷与他无关。他在土地庙坐了一整夜，毫无睡意。

陈震东在土地庙待了两天，白天去胡长清墓地转一圈，然后回到土地庙。他去山上找来一些杂草铺在地上，累了就蜷起身体，歪在杂草铺里眯一下。

他慢慢有了冷和饿的感觉，这种感觉很轻微。冷了他站起来走几步，或者蜷起身体躺进杂草铺。饿了他就去山涧喝几口泉水，或者去山上找些野果充饥。

第三天，柯又绿找到土地庙，她说："陈震东，你怎么跑到这里来了？"

陈震东没回答。

柯又绿说："没有过不去的桥，没有跨不过的坎。"

陈震东还是没回答。

柯又绿伸手去拉他："起来，我们回家。"

陈震东身体挣扎了一下："你让我静一静。"

柯又绿说："我们一起回家，我一定不吵你。"

陈震东说："你让我一个人静一静，我过几天就回家。"

柯又绿想了想说："你想在这里静一静也行，但你必须告诉我，你想在这里待几天？"

陈震东想了想："十天。"

柯又绿马上说："不行，十天太长，最多五天，五天后你必须跟我下山。"

陈震东没有再说什么。

柯又绿下山去了。到了下午，她又上来，给陈震东拿来了被子、枕头、毛巾、脸盆、水杯、牙刷、牙膏，还有一大堆食物。

陈震东当作没看见，什么话也没说。

第二天，柯又绿又上来。她看了看昨天送来的食物说："陈震东，我送来的东西不好吃？"

她接着又说："陈震东，你没有洗脸？"

她接着又又说："陈震东，你没有刷牙？"

她接着又又又说："陈震东，你为什么不洗脸、不刷牙？你想变成野蛮人吗？"

第三天，柯又绿送来了一个铁锅、一袋米、猪肉和油冬菜。她找来石头，垒了一个土灶。她对陈震东说："你要多吃一点。"

见陈震东没有反应，她接着说："我明天给你买江蟹和对虾。"

第四天，陈震东看见柯又绿的身影出现在陵园，他起身离开土地庙，上山去了。

过了五天。

过了七天。

过了十天。

过了二十天。

……

柯又绿一上来，陈震东就到山上躲起来。

那天上午，柯又绿又来土地庙。她摸摸陈震东刚躺过的地方，翻翻他用来煮东西的铁锅，踢踢用石头垒起来的灶，转身出了土地庙，站在路上喊："陈震东，我知道你在山上，你下来吧，哪里跌倒就从哪里爬起来，我相信你做得到。"

停了一下，柯又绿又说："楼雪飞的事我不怪你，这事到此为止，一笔勾销。"

柯又绿朝山上走了几步，突然哇哇哇哭起来："陈震东，你不能丢下我不管，我是你老婆，无论你是富贵还是贫穷我们都应该在一起。你回来吧，无论你做什么，我都跟你在一起，我保证以后每天晚上给你做江蟹和对虾。你回来吧，以后你要我笑我就笑，要我哭我就哭。"

柯又绿哭着哭着，一屁股坐到地上，拍着大腿说："陈震东，我知道你听得到我说的话，你不出来我就不走了，跟你躲进深山做野人。"

柯又绿一直哭到太阳下山才离开土地庙。第二天一早又来哭。

胡虹来了。胡虹拿着一面铜锣，一进陵园就锵锵锵敲起来，一边敲一边喊："陈震东哦，回家啦。陈震东哦，你的灵魂走丢了，快跟我回家啦。"

胡虹在陵园绕一圈，又到土地庙绕一圈，敲着铜锣，喊着陈震东的名字下山去。

第三个来的是陈宇宙。陈宇宙带来一架无人小飞机，小飞机上绑着一台摄像机，小飞机在半空来回盘旋。这架小飞机弄得陈震东有点紧张。

接着来的人是刘发展一家人，刘发展对着山顶不停地喊他的名字。

李美丽的声音比刘发展响亮，她说："陈震东，你下山来，我们一起做网站。"

篮生东看看西看看。陈震东一度怀疑篮生看出了他的藏身之处。但篮生什么话也没说。

王万迁和许琼也来了。

许琼对着山上叫了一声陈震东，再也说不出话来。

王万迁说："陈震东，我真是没想到，你居然用躲避的方式来对待失败，你让我失望了。我认识的陈震东不是这样的人，他是顶天立地的男子汉，他是打不败的，被打倒了能够马上站起来。"

停了一下，王万迁又说："胜败乃兵家常事，输一次算什么？我也输过，现在不是重新站起来了吗？如果躲到山上，你就没机会了。你不仅没机会，还会被人笑话，说你是个胆小鬼，是个懦夫。如果你是胆小鬼，如果你是懦夫，你就不是我王万迁的朋友，我没有这样的朋友。"

王万迁对着他藏身的方向说："我知道你在哪里，我知道你听得见我的话，如果你还是我的朋友，马上下山来，我们一起回家。"

王万迁对着他喊："下山来吧陈震东。"

许琼也跟着说："下来吧陈震东，我们回家。"

他眨了眨眼睛，低下了脑袋。

陈文化也来了，他是被李铁和陈铜抬着来的，同时来的还有胡虹。胡虹还是带着那面铜锣，她对着山上敲了一下铜锣，喊道："陈震东，你看见了吧，你爸还没死呢，你胆敢躲在山上不下来？"

李铁看了看四周，说："董事长回来吧，我还跟着你干。"

陈铜说："董事长，我也跟着你干。"

李铁说："我一定认真干。"

陈铜说："我也是。"

李铁从口袋里摸出一个甜瓜，对着山上说："我给董事长带甜瓜了。"

陈铜也从口袋里摸出一个甜瓜，对着山上说："我也给董事长带了一个甜瓜。"

胡虹又敲了一下铜锣，喊："陈震东哦，你爸来接你了，咱们回家。"

陈震东看着陈文化，可怜的陈文化，像一具木乃伊，糊涂得连眼珠也不会转了。看来，他身体里的血已经干了。

陈文化他们下山后，柯无涯来到土地庙。柯无涯只说了一句话："陈震东，你答应我照顾好柯又绿，你要说到做到。"

柯无涯下山后，计化龙来到土地庙，他在土地庙前站了许久，抬头四处张望，然后轻轻地说："董事长，你对我说过，没什么了不起，大不了从头再来。你下山吧，我回来跟着你干。我保证，这辈子跟你干到退休。"

楼雪飞也来到土地庙。楼雪飞是和柯又绿一起来的，楼雪飞穿着银行的蓝色工作服，脖子围着丝绸围巾。她还是那么漂亮迷人。她摸了一下围巾，对着山上露出笑容，轻声地说："陈震东，你下来吧，有什么问题我们可以商量。"

看着楼雪飞，陈震东突然打了一个寒战。他发现楼雪飞摇身一变，成了一只吊睛白额猛虎，张开血盆大口，朝他扑来。柯又绿也跟着摇身一变，变成一只吊睛白额猛虎，张开血盆大口。陈震东以为她会扑向楼雪飞，恰恰相反，柯又绿毫不犹豫地扑向他。紧接着，陈震东发现刘发展、许琼、王万迁、李美丽也出现了，他们摇身一变，都成了吊睛白额猛虎，他们围成半个圈，张开血盆大口，朝他扑来。更可怕的是，陈震东发现胡虹、陈宇宙、李铁、陈铜、柯无涯、计化龙，甚至包括陈文化也都变成吊睛白额猛虎，张开血盆大口，争先恐后朝他扑来。他隐约看见远处站着一个人，是唯一没有变成老虎的，看影子像篮生。但她沉默不语，面目模糊。更加恐怖的是，她身后跟着成千上万的吊睛白额猛虎，张开血盆大口，发出阵阵咆哮声，从各个方向朝他涌来。

这个发现令陈震东震惊。他缩紧身子，闭上眼睛，气不敢出。他听见心跳声如雷鸣。当他再次睁开眼睛，那些吊睛白额猛虎不见了，土地庙前依然是楼雪飞和柯又绿。可是，没过多久，她们又变成吊睛白额猛虎，他所有认识和不认识的人也都出现了，他们也都变成了吊睛白额猛虎。陈震东从他们的眼神看出来，他们只有一个目的——一口吃了他。

陈震东现在也只有一个目的，他谁也不想见，只想一个人待着。

他希望能将身体缩进泥土里，隐藏到一个谁也找不到的地方。

许久以后，陈震东才睁开眼睛。柯又绿和楼雪飞已离开土地庙，可她们化身猛虎的形象依然出现在眼前。

陈震东回到土地庙，跪在布满灰尘和蜘蛛网的土地神像前。

第七十二节

进入冬季。陈震东每天凌晨去胡长清墓地走一走，看一看。他已经很久没有跟胡长清说话了，该说的都说完了。是的，陈震东已无话可说，也无须再跟胡长清说。他以前说了太多的废话。更多时候，他哪里也不去，如果柯又绿没有来，他可以一整天不吃不喝坐在土地庙里，坐在杂草铺上，看着土地庙外的天空一点一点亮起来，又看着天空一点一点暗下去。

有时候，陈震东会反思。他发现这辈子走了一大圈，又回到了起点。可是，这两个点又是那么不同。他闭上眼睛，脑子里就浮现出那年春天的情景，他骑着脚踏车四处筹钱。那个时候，他身上充满力量，他想做一件有意义的事，凭能力改变自己和世界。他认为这个愿望是单纯而美好的，这个世界也是单纯而美好的。可是，不知不觉中，他遗忘了初衷，忘记了意义所在。更主要的是，他发现这个世界不单纯也不美好，世界向他展示了另外一面——无比邪恶和贪婪。而他深刻地体会到，如果想获得成功，只有比这个世界更加邪恶和贪婪。是的，他就是这么做的，尽管他不承认。因为贪婪使他忘乎所以，使他自以为真是一头无所不能的怪兽。他现在知道了，驱使自己对世界做出这种判断的是另一头更大的怪兽，那是一头真正的怪兽——金钱和建立在金钱基础上的一切物质和心理欲求。那头怪兽武装了他，让他成为一个强大的人，成为一个几乎无所不能的人。反过来，也是这头怪兽摧毁了他，让他重新成为一无所有的人。这样的反思令他不安，令他羞愧。他不愿意回想过去。他要的是现在的生活，一种几乎脱离了物质的生活。一种他不想改变世界，也不想被世界改变的生活。

陈震东逐渐喜欢上土地庙的生活。他现在吃得很少，穿得也很少。柯又绿隔天来一趟土地庙，送上来的食物和衣服他几乎没动，送来的感冒药和消炎药更是没有用处。对于陈震东来说，他不怕饿和冷，更不担心生病，上山以后他便没有生过病。他只希望柯又绿不要再来土地庙，他也希望别的人不要来土地庙，就让他一个人待在这里，让他静静待下去。

大约一年后，有一天，柯又绿拉着陈宇宙的手，满脸喜色跑到土地庙。柯又绿脸上很少有这种喜色了。她大声对山上喊："陈震东，你知道吗，陈宇宙的网络公司上市了，他现在是亿万富翁。"

陈宇宙接过话说："爸，我成功了，公司市值六十个亿。"

柯又绿说："陈震东你听到了吗？我们的儿子出息了。"

陈宇宙说:"爸,你回来吧,我们一起干。"

柯又绿说:"陈震东,你回来吧,我需要你,我们的儿子也需要你。"

陈宇宙说:"爸,回来吧。"

柯又绿说:"陈震东,回来吧。"

陈震东喉咙发出一阵咕噜声,他想说:"他妈的陈宇宙,你现在有钱了,该还老子债了。"

但他没有发出声音。

2015 年 8 月 9 日,一稿于温州

2015 年 12 月 17 日,二稿

2016 年 5 月 1 日,三稿